세상을 광고합니다

어느 카피라이터가 은퇴하고 쓴 카피

유 제 상

33년간의 광고인생을 마무리하고
광고와는 작별인사까지 나름 마쳤는데
글쎄 이게 무슨 일일까요?
다시 광고하고 싶어졌습니다.
다만 그 대상이 기업이나 상품, 서비스가 아니라
꽃과 길, 별과 바람, 사람이나 음악,
이런저런 인연이나 이야기로 바뀌었을 뿐!

내키는 대로 읽고, 듣고, 걷고, 보고
만나고, 떠들다 보니 생겨난 조바심 때문입니다.
별것 아닌 것 같지만, 도움이 되는*
이 세상 많은 소중한 것들을 한 번
잘 팔아보고 싶은 욕심이 생긴 때문입니다.

누가 압니까?
나중에 저승에서 칼 세이건이
당신 때문에 하늘 쳐다보는 사람이 많아졌다며
수고했다고 등이라도 두드려줄지 말입니다.

2024. 2. 유제상

* 레이먼드 카버의 단편소설 제목에서 빌려옴

차례

광고하다가

길 위에서 🌱

읽다가 📖

보다가

음악에게서

사람 앞에서

광고하다가

엉뚱한 곳에서
답 찾기

광고에서 제일 중요한 걸
하나 꼽으라면
단연 '인사이트'일 겁니다.

매번 새로운 프로젝트를 만날 때마다
그래서 우리는 인사이트, 인사이트
노래를 부릅니다.

'소비자가 모른다는 사실조차
모르는 그 무엇!'

인사이트를 설명하는
이 아리송한 말처럼 그것을 찾기란
그리 만만한 일이 아닙니다.

허구한 날 밤새워 가며
인사이트 찾기에 몰두하던 시절,
알랭드 보통의 《영혼의 미술관》이란 책 속

오스카 와일드의 한 마디에
머리를 한 대 얻어맞은 듯 놀란 적이 있습니다.

"휘슬러가 안개를 그리기 전까지
런던에 안개는 없었다."

이게 인사이트구나, 하고 한 수
제대로 배운 기분이었습니다.

못 말리는
직업병

언제부턴가 식당에서나
미술관, 서점, 혹은 비행기 안에서
무언가 뒤적이는 습관이 생겼습니다.

카탈로그, 냅킨, 주문서 등등
소소한 것들을 이리저리 뒤집어보며
무슨 메시지라도 없는지
뭐 하나 건질 만한 기발한 게 없는지
찾아보는 버릇이 생긴 겁니다.

그러다 보면 정말로 별거 아닌 것에서
신박하고 재미있는 아이디어들이
눈에 띄고는 합니다.

공부가 뭐 별거겠습니까?
책이나 강의실이 아니더라도 배울 게 있고
영감을 주면 그게 진짜 공부인 거지요.

스칸디나비아 항공의 소금봉지에
이런 메시지가 있었답니다.

'The color of snow
The taste of tears'

이러니 자꾸 뒤적거릴 수밖에요.

나의
광화문연가

광장, 촛불, 이순신장군, 세종대왕,
경복궁, 세종문화회관 …….

광화문은 많은 걸 연상케 하는
아주 특별한 장소입니다만 내겐
무엇보다 글판으로 기억되는 곳입니다.

그토록 오랫동안 시민들에게 철따라
아름다운 시 한 구절을 제공해 온
교보생명 빌딩의 광화문 글판 말입니다.

소설가 한강, 시인 장석남, 한겨레신문
최재봉 기자 등과 함께 카피라이터 자격으로
4년 동안 글판 선정위원으로 활동했는데

석 달에 한 번씩 만나 진지하고 열정적으로
의미 있는 시 한 구절을 함께 찾던
그 시간이 잊히지 않습니다.

지금도 그 앞을 지나며
새로 내걸린 글판을 보노라면
그때 회의실에서의 뜨거웠던 토론이
마구마구 생각납니다.

머리글자
전염병

DDB, BBDO, TBWA, JWT, O&M
FCB, CP+B, BBH, WPP ……

이런 이름 들어보셨나요?
바로 세계적인 광고회사들 이름입니다.
외국에서는 창업자들의 이름에서
그 이니셜을 따서 회사명을 만들다 보니
이런 이름들이 대거 생겨난 것이죠.

이런 이름으로 기억되고 소통되는 것이
참 신기하기만 했었습니다.

그런데 이건 광고회사만의 이야기가
아니었습니다.

조지 오웰의 《카탈로니아 찬가》에는
이런 대목이 나옵니다.

'만화경 같은 정당과 노동조합들,
그리고 그 짜증나는 이름들 ─ P.S.U.C.,

P.O.U.M., F.A.I., C.N.T., U.G.T., J.C.I.,
J.S.U., A.I.T. –은 내 화만 돋울 뿐이었다.
처음에는 스페인이 머리글자 전염병으로
고생하고 있다는 느낌이 들 정도였다.'

또, 존 버거의 《A가 X에게》 속 자비에르의
메모에는 이렇게 쓰여 있습니다.

'IMF, WB, GATT, WTO, NAFTA, FTAA
이런 약어들이 언어에 재갈을 물리고,
그들이 하는 일은 세상을 숨막히게 한다.'

생각해보면 이 심각한 병은 아직도
온 세상을 휩쓸고 있는 것 같습니다.

고수의
가르침

무위당 장일순 선생은 글씨를 잘 써서
많은 이들이 그의 글씨 한 점 얻는 걸
큰 기쁨으로 생각했다고 합니다.

그런데 정작 그분은 이렇게 말했다죠.

"추운 겨울날 저잣거리에서 군고구마 장사가
써 붙인, 서툴지만 정성이 가득한 군고구마라는
글씨를 보게 되잖아? 그게 진짜야 그 절박함에
비하면 내 글씨는 장난이지, 못 미쳐."

우리나라 모든 카피라이터의 스승,
김태형 선생 말씀이 생각났습니다.

"장충동 4거리 지하철역 앞 좌판에
박스종이에 써 붙인 글 있지?
(지리산 단감 4개 만원, 한 개는 덤)
그게 내 카피보다 나아, 그게 진짜야."

어느 분야를 막론하고
고수들의 가르침은 서로 통한다는 걸
다시 확인했습니다.

눈 가리고
아웅

1990년대만 해도
광고 심의라는 것이 있었습니다.

일종의 검열 같은 것이어서
사전에 이 심의를 통과해야만
광고를 내보낼 수 있었습니다.

그 종류도 다양해서
방송 광고를 하려면
방송 광고 심의를 거쳐야 했고

그와 별개로
화장품은 화장품 광고 심의
약품은 제약 광고 심의
건강 식품은 건강 식품 심의 등을
추가로 받아야만 했습니다.

당시 태평양에서 눈가의 주름을 없애는
기능성 화장품이 나왔는데
이런 카피를 썼습니다.

'나이를 감추는 화장품이 있는가 하면
 나이를 지우는 화장품도 있습니다.'

당연히 심의에 걸렸습니다.
나이를 지우는 건 과장된 표현이라는 거죠
고심 끝에 이렇게 바꾸었습니다.

'나이를 감추는 화장품이 있는가 하면
 나이를 이기는 화장품도 있습니다.'

취미가 없는
이유

나는 골프를 칠 줄 모릅니다.
아예 배우지를 않았습니다.
골프장이라고는 한겨울에
워크샵 때문에 몇 번 간 게 전부입니다.

광고회사 임원 생활을 꽤 오래 한지라
골프를 못 친다는 사실에
의아해하는 분들이 많았습니다.

골프도 못 치면서
클라이언트 관리는 어떻게 하는지
영업이나 접대는 또 어쩌는지
질문도 많이 받았습니다.

그러나 괜찮았습니다.
일하는 시간 뺏기지 않아 좋았고
주말을 지킬 수 있어 다행이었습니다.

오래 전 독일 루프트한자 항공사의
승무원 모집 광고 카피가 참 근사합니다.

'일이 멋지면 멋진 취미가 필요없다.'

왜 골프를 안 배웠느냐는
질문에 대한 대답으로
내가 종종 빌려쓰곤 했었습니다.

처음 받는
노벨상이니까

김대중 대통령이
노벨평화상을 받았을 때
신세계백화점에서
수상 기념 특별 세일 행사를 했고
우리는 그 광고를 맡았습니다.

여기저기서 의례적인
축하 광고들이 넘쳐나고 있었는데
우린 좀 다른 광고를
만들고 싶었습니다.

해마다 노벨상 시즌만 되면
아이들에게서
왜 우리나라에는 노벨상 수상자가 없냐는
질문을 받고 곤란을 겪던 기억이
떠올랐습니다.

그래서 그때
이런 카피를 썼습니다.

'우리 아이들에게 할 말이 생겼습니다.'

지금, 생각해 봐도
나쁘지 않은 카피입니다.

친절한
회장님

그룹 회장님께 처음으로 내년도
사업 계획 보고를 하게 되었습니다.
홀딩스에서 보내온 보고서 양식이 마음에 들지 않아
양해를 구하고 그냥 내 방식대로 하기로 했습니다.

너무 파격적이다, 건방지다, 큰일난다 등등
주변의 우려와 충고를 무릅쓰고
숫자와 의례적인 업무 나열 대신
나름 광고회사다운 프레젠테이션을 준비했습니다.

최승자 시인의 시 〈올 여름의 인생 공부〉 한 대목을
인용하면서 작지만 색깔이 선명한 광고회사를
만들고 싶다는 의지를 설명드렸습니다.

보고를 마치고 나도 사람인지라
내심 긴장하고 있었는데 진지하게 메모하시던
회장님이 한 말씀 하셨습니다.

"재미있네, 그대로 잘해 보소
근데 저 시집은 서점 가면 살 수 있지요?"

세상 모든 회장님들은 어렵고 무서울 거란
내 낡은 편견이 깨진 날이었습니다.

비아그라와
미원

호주의 어느 대학에서 논문이 발표되었는데
그 내용이 내 눈길을 끌었습니다.
비아그라가 세상에 나온 이후 물개와 바다표범의
밀렵이 크게 감소했다는 내용이었습니다.

재미있는 것은 이런 기사가 공개된 후
다소 민망한 성인 브랜드였던 비아그라에 대한 인식이
매우 호의적으로 바뀌었다는 사실이었습니다.
'비아그라가 세상에 도움이 되는구나.
특히 자연 생태계의 보존을 위해서는
꼭 필요한 제품이구나'라고 말입니다.

갑자기 정신이 번쩍 들었습니다.
우리는 그때, 어떻게 하면 미원에 대한 인식을 바꿔서
화학 조미료가 아니라 천연 조미료, 나아가
우리 삶에 꼭 필요한 좋은 브랜드로 만들 수 있을까
머리 싸매고 고민하던 때였거든요.

'나는 미원으로 소 한 마리를 살렸다.'
'나는 미원으로 닭 백 마리를 살렸다.'
미원 한 봉지의 감칠맛이 소 한 마리, 닭 백 마리에서
얻을 수 있는 감칠맛을 가졌다는 팩트에서
이런 메시지를 만들 수 있었습니다.

이 새로운 캠페인으로 미원은 그냥 조미료가 아니라
세상에 이로운 브랜드로 다시 주목을 받았습니다.
큰 상도 여럿 받았고, 매출도 상승했으며
광고하는 사람들 얘기 들을 만하다고
우리는 그룹에서 분에 넘치는 사랑을 받기도 했습니다.

이제 와 고백하건대
그때, 미원의 스승은 프레임을 바꾸어
사람들의 인식까지 바꿀 수 있었던
바로 그 비아그라였습니다.

감히 시인을
광고에 모셨습니다

나의 광고 스승 박우덕 사장님은
톱스타 모델을 탐탁지 않아 하셨습니다.
대신에 값싸고 말 잘 듣는다는 이유로
강아지, 개구리, 거미 등을 즐겨 캐스팅하셨지요.

사실, 유명한 배우나 운동선수들은 어느 광고에서나
비슷한 이미지로 등장하기 마련이었고
다소 파격적이거나 새로운 이미지를 만들라치면
가차없이 거절당하기 일쑤였습니다.
차별화가 생명인 광고에서 이건 큰 숙제였습니다.

언제부턴가 나는 꼭 한 번은
시인을 광고 모델로 모시고 싶었습니다.
모델로서의 차별화도 목적이었고
브랜드와 시인의 관계 맺기가 썩 근사할 것이라는
혼자만의 믿음이 있었기 때문입니다.
그리고 형편 넉넉지 않은 이 땅의 시인들께
어지간한 문학상 상금만큼의 모델료라도
챙겨드리고 싶은 마음도 있었습니다.

그런 연유로, 교보생명 새 광고의 한 아이디어로
시인이 등장하는 캠페인을 제안했습니다.
설마 채택이 될까 반신반의했는데

문화와 예술을 아끼셨던 교보 회장님의 선택으로
우리나라에선 처음으로 시인들께서
그렇게 TV 광고에 등장했습니다.

문정희 시인과 안도현 시인,
두 분이 주인공이었습니다.

詩적인 대화
私적인 즐거움

안도현 시인과의 광고 촬영은 충북 보은의
어느 고택에서 있었습니다.
담장을 따라 채송화가 무리 지어 피어 있었고
마당에는 주인집 강아지가 한가롭게
뛰어다니고 있었습니다.

촬영하는 사이사이 휴식 시간에
고택의 처마 밑에 시인과 나란히 서서
광고 얘기, 시인들 얘기
요즘 세상 돌아가는 얘기들을 나누었습니다.

나는 안도현 시인의 시와
윤도현의 노래를 사랑한다고,
즉 도현과 도현의 팬이라고 고백했고
그는 곰소의 젓갈과 안동의 건진국수에 얽힌
맛있는 추억담을 맛갈나게 들려주었습니다.
〈모퉁이〉와 〈뱃나무는 건달같이〉라는 그의 시를
외우는 내게 놀라움을 표하기도 했습니다.

시간이 흐른 뒤, 정작 광고보다
광고 찍던 날이 더 기억나는 걸 보면
시인을 광고에 모신다는 핑계로 사심을 듬뿍 채운
잊지 못할 봄이었던 것 같습니다.

베네치아에 울린
시인의 큰 소리!

문정희 시인께서 베네치아의 어느 대학에서
교환 교수를 마치고 돌아온 후,
함께 저녁 식사를 하는 자리였습니다.
아마 광고 출연 이듬해쯤이었을 겁니다.
시인은 언제나처럼 열정적인 목소리로
그곳에서의 추억을 재미있게
마치 한 편의 연극처럼 들려주었습니다.

어느 날인가 강의실에서 이탈리아 학생들에게
당신의 광고 출연 경험을 말해주었다고 합니다.

"내가 한국에서 처음으로 TV 광고에 나온 시인이다.
뭐 그냥 아무 광고에나 나온 것이 아니다.
참으로 훌륭한 기업에서 날 초대해 나온 것이다.
그 기업은 문화와 예술을 사랑하고 후원하는
한국의 메디치 같은 기업이다.
그래서 기꺼이 출연을 결정한 것이다."

이쯤 얘기했더니 이탈리아 학생들이
환호성을 지르며 일제히 박수가 터지더랍니다.
듣고 있던 나도 크게 박수치고 싶었던
신나는 저녁이었습니다.

잎새주니까
가을이니까

보해라는 이름의 술 회사 광고를
5년 넘도록 맡아 했습니다.

남도에 뿌리를 둔 이 회사는
매취순, 복분자, 잎새주 등
여러 종류의 술을 만들었습니다.

그 가운데 잎새주는
전라남도를 기반으로 하는 지역 소주로
그 동네에서는 주당들 사이에
큰 사랑을 받고 있었습니다.

지금도 마찬가지지만
소주는 술집에 붙이는 포스터가
아주 중요한 광고 수단입니다.

마침 새로운 포스터를 만들 때
느닷없이 김영랑 시가 생각났습니다.

때는 가을이고, 이름은 잎새주고
소주 마시면 얼굴이 불콰해지니까
딱이다 싶어 이렇게 썼습니다.

'오매, 단풍들겄네!'

영랑의 시 한 줄이
남도 술집을 장식하던
호시절이 있었습니다.

하루키와
희망봉

무라카미 하루키의 산문집
《먼 북소리》때문이었습니다.
거기 보면 하루키가 마흔 살을 맞이하기 위해
일본 생활을 정리하고, 로마와 아테네를 오가며
글 쓰고 여행하고 살아가는 이야기가 나옵니다.

내심 부러워하며 그 책을 읽다가
'가만, 내 나이가 몇이지?' 하고 헤아려 보니
글쎄 그때 마흔이었던 것입니다.

갑자기 하루키의 마흔과 내 마흔이 비교되면서
입맛도 떨어지고 잠도 안 오고 일하기도 싫어지고
나아가 이렇게 살면 뭐 하나 싶은 생각까지 들었습니다.

그때 뜬금없이 희망이란 단어가 떠오르고
희망봉이 떠오르고 그곳에 가고 싶어졌습니다.
호주 촬영 예정이었던 광고를 케이프타운 촬영으로 바꾸고
촬영팀과 함께 희망을 찾아 날아갔습니다.

그때 거기 가지 않았다면 내 삶이 어찌되었을지
그건 지금도 잘 모르겠습니다.

희망 옆에는
무엇이 있을까요?

서울에서 케이프타운까지는
비행기를 세 번 타고 22시간이 걸렸습니다.
열흘간의 케이프타운 촬영 기간 중에
하루를 온전히 빼서 그토록 보고 싶던
희망봉에 올랐습니다.
오른쪽에는 대서양, 왼쪽으로는 인도양을
번갈아 바라보며 한나절 하염없이 앉아 있었습니다.
그때, 나를 그곳까지 가이드 해주었던
케이프타운대학교 유학생 청년이
아주 재미있는 이야기를 들려주었습니다.

인도양 쪽으로 움푹 들어간 만이 있었는데
그 이름이 글쎄, '가짜만(False Bay)'이라는 겁니다.
포르투칼의 바스코 다 가마가 인도를 향해 가다가
희망봉을 돌아가니 육지가 보였답니다.
"아, 저기가 인도구나." 하고 갔는데
"앗, 아니구나, 가짜인도였구나." 했다는 겁니다.

희망(Hope) 옆에 가짜(False)라니요.
거짓, 실수, 가짜 뭐 이런 것들이
희망의 이웃이란 게 더
희망적이지 않나요?

아무튼 그때, 나는 그랬습니다.

괜히 서태지가
아니었습니다

2000년대 초반 통신회사 신규 브랜드의
대규모 경쟁 PT가 있었습니다.

휴대폰으로 음악을 듣고 영상을 보는,
당시로서는 획기적인 동영상 구현 서비스였는데
우리는 컴백을 앞두고 있던 서태지와의
콜라보레이션을 제안하여 이길 수 있었습니다.
문제는 서태지가 아이디어를 직접 보고 제 맘에 들어야
계약을 하겠다는 것이었습니다.

수백 억짜리 프로젝트의 명운을 등에 지고
도쿄의 어느 호텔에서 서태지와 마주앉아
그에게 프레젠테이션을 했습니다.
광고하는 동안 참 많은 프레젠테이션을 했지만
이런 경우는 처음이었습니다.
게다가 서태지가 계란을 마구 맞는 영상에
'세상을 놀라게 할 수 없다면 나타나지도 말라.'는
과격한 메시지를 담고 있었으니
나는 얼마나 조마조마했겠습니까?

"저는 아주 좋습니다, 이대로 가시죠."
아이디어가 파격이라 오히려 안심했다고
좋은 아이디어 내 주셔서 감사하다고
그는 진심으로 고개 숙여 인사했습니다.
그리고 흔쾌히 계약서에 사인했습니다.

그날 이후 나는 그의 찐팬이 되고 말았습니다.

잘해줄 걸
그랬어

2000년대 중반쯤이었을 겁니다.
KT 집 전화 광고 때문에
촬영장을 갔을 때 이야기입니다.

당시 부사장이었던 내게 모델 에이전시 대표가
이쁘장한 청년 한 명을 인사시켰습니다.
"막 데뷔한 친구입니다.
앞으로 눈여겨봐 주시고 기억해 주세요."
꾸벅 절하는 그 친구에게 의례적인
덕담만 하고 헤어졌습니다.
그땐 그런 식으로 신인들을 인사시키는 일이
자주 있었거든요.

얼마 지나지 않아
'누난 내 여자니까' 어쩌구 하는 노래가
크게 히트를 하더니 그 가수가 대번에 유명해지고
여기저기서 찾는 스타가 되었습니다.
촬영장에서 인사했던 그 친구, 이승기였습니다

이렇게 스타가 될 줄 았았으면
그때 좀 더 친해질 걸 그랬습니다.

그때
그 카피

"어떤 카피를 썼나요?"
"가장 기억에 남는 카피가 뭐예요?"
카피라이터 생활을 오래 한 까닭에
이런 질문을 참 많이 받았습니다.

그럴 때마다 곰곰 생각해 보곤 했는데
큰 캠페인, 유명한 광고도 여럿 만들었지만
그리고 상도 몇 개 받았지만
그래도 가장 잊지 못할 카피는 따로 있습니다.
아무도 기억 못 하는, 나만 아는
그런 카피입니다.

입사 1년 차에 썼던 화장품 선물 세트 카피!
비록 한 페이지짜리 작은 잡지 광고였지만
어린 마음에 다르게 생각하려 애썼고
어른들께 칭찬도 제법 받았거든요.

'어머니도 여자입니다.'

어떤가요, 괜찮은 카피인가요?

작은 광고
큰 울림

카피라이터들에게 일본 광고가
많은 영감을 주던 시절이 있었습니다.

나도 서툰 일본어 실력으로
일본 신문에서 카피를 옮겨 적곤 했었습니다.
어느 날, 손바닥만 한 작은 광고의 헤드라인이
내 눈을 붙들었습니다.
아마 어느 출판사 광고였을 겁니다.

'지식은 있는데 지혜는 없다.
왜 그런 일본인들이 많아지는가?'

30년 가까이 지난 지금, 이렇게 살짝 바꿔 보아도
그 울림이 여전한 걸 보면 그 카피
참 예사롭지 않았던 게 틀림없습니다.

'지식은 있는데 지혜는 없다.
왜 그런 한국인들이 많아지는가?'

쉽게, 그러나
깊게

어느 날부터인가 회사 직원들이나
광고하는 후배들이 물어오기 시작했습니다.
어떤 카피가 좋은 카피인지?
어떻게 써야 좋은 카피를 쓸 수 있는지?

그때마다 나의 대답은 늘 같았습니다.
'쉽게, 그러나 깊게!'

그게 어디 제 생각이겠습니까?
글에 관한 한 절대 고수님들의 충고였지요.

'로버트 루이스 스티븐슨'은
"잘 쓴 글에는 튀는 단어가 없다." 했고
'호르헤 루이스 보르헤스'는
"내 글에서 희한한 단어를 발견할 때마다
그 단어를 지우고 평범한 단어를 쓴다." 라고
했으니까요.

그리고 카피도 결국 글이니까요.

시집 한 권
선물했을 뿐인데

식사하는 자리에서
나의 옛 클라이언트였던
김수희 실장이 말했습니다.

"아시나요? 대표님은 제게 시집을 선물한
첫 남자랍니다."

동석했던 최창우 대표가 덧붙입니다.

"대표님 덕분에 아내에게 시집을 선물한
근사한 남편이 되었지요."

참으로 기쁜 말이었고
더불어 슬픈 말이기도 했습니다.
언제부터 시집 한 권을 선물하는 일이 이렇게
각별한 일이 되어 버린 것일까요?

천 냥 빚도 갚는
한 마디

대형 사고가 터진 적이 있었습니다.
광고주가 너무 힘들게 한다고
기획팀 한 팀 전체가 사표를 쓴 것입니다.

광고주 담당 과장이 휴가에서 돌아오는 날
아침 일찍 그를 찾아갔습니다.
그 과장은 인상도 험악하고 직선적인 성격이라
내게도 두려운 상대였습니다.

사정을 이야기하자 역시나
눈을 치켜뜨며 사납게 쏘아붙입니다.

"사람 관리를 그렇게밖에 못합니까?"

끝났구나 하는 심정으로 내가 말했습니다.

"죄송합니다. 모두 제 잘못입니다.
그래도 일은 해야 하니 좀 도와주십시오."

반전이 일어났습니다.
한동안 말없이 앉아 있던 담당 과장이
잠시 후 나를 이끌고 마케팅실이며 홍보실 등을
돌아다니며 깔끔하게 수습을 해 주는 겁니다.

그 덕에 탈없이 광고를 진행할 수 있었고
그와는 더없이 가까운 사이가 되었습니다.

훗날 소주 한 잔 하며 그때 무슨 생각으로
도운 것이냐 물었더니 이렇게 말했습니다.

"도와 달라고 하셨잖아요?"

듣기만 했을
뿐인데

카피라이터로만 일하다가 언제부턴가
AE 노릇을 겸하게 되었습니다.
광고주를 직접 상대하게 된 것이죠.

신문 광고 시안 두 개를 들고 처음으로
광고주를 방문하던 날이 기억납니다.

상대는 까다롭기로 업계에 소문이 자자한
관록 있는 팀장이었습니다.
펼쳐 놓은 시안 두 개를 보면서 팀장이
조목조목 많은 이야기를 했습니다.
요약하자면 A안은 카피는 좋은데 그림이 아쉽고
B안은 그림은 새로운데 카피가 약하다는 겁니다.

초보 AE였던 나는 섣불리 응대도 못하고
팀장의 오랜 지적을 그저 묵묵히 듣고만 있었습니다.
그래야만 하는 줄 알았으니까요.

"듣고 보니 팀장님 말씀이 맞는 것 같은데
그럼 어떻게 할까요? 다시 만들어 올까요?"
한참 만에 이렇게 물었더니

"그냥 두 개를 다 내보내지, 뭐!"
하는 겁니다.

그날 이후 나는 그 까다로운 팀장의
각별한 사랑을 받았는데 훗날 왜 그렇게
잘해 줬는지 묻는 내게 팀장이 말했습니다.

"내가 광고 좀 한다는 친구들 많이 만나봤는데
내 얘기 끝까지 들어준 건 당신이 처음이야."

AE 후배들에게 자주 해 주었던
이야기입니다.

그냥 친구가
진짜 친구

"그냥 친구라는 말 어때?"
차 한 잔 하는 자리에서 느닷없이
박우덕 사장님이 툭 던지십니다.

뭐 그땐 내 일 네 일 따로 없었고
회의 시간을 따지던 시절도
아니었습니다.

흔한 돌멩이 같은 단어 하나를
빛나는 보석으로 만드는 능력을 가진 분이라
아, 이번엔 '그냥'에 꽂히셨구나 생각했고
"그냥 친구가 진짜 친구 아닐까요?"
라고 그냥 답했습니다.

얼마 후, OB맥주의 새 캠페인
'그냥 친구가 진짜 친구다'가
선을 보였습니다.

생각해보면
나에게 맥 빠지는 일이 생길 때마다
자기 일 아닌데도 전화해 주고, 화내 주고
일부러 찾아와 낮술 마셔 주고, 울어 주던
오랜 친구 한승민, 윤수영이
그때 내게는
그냥 친구이자 진짜 친구였습니다.

3상이라는 훈장

한때, 우리나라 최고의
독립 광고회사였던 '웰콤'에
이른바 3상이 있었습니다.

디자이너 출신의 유종상
기획 출신의 이근상
카피라이터 출신 유제상.

단지 상으로 끝나는 이름을 가진 덕에
나는 이 걸출한 광고쟁이들과
같은 반열에 오르는 영광을 누린 것이죠.

특히 박우덕 사장님이나
김태형 선생님 같은 분들이
3상이라 자주 불러 주곤 했는데

그때가 인생 살면서
이름 지어 주신 내 할아버지께 감사드린
몇 번 안 되는 순간이었습니다.

당신도
카피라이터

몇 년 전 세상을 떠난 일본의 국민배우,
키키 키린의 책에서 읽은 내용입니다.

오래전 그녀가 후지필름 광고를 찍을 때
촬영장에서 처음 받은 카피가 글쎄
"아름다운 사람은 아름답게
아름답지 않은 사람도 아름답게 찍힙니다."
였다는 겁니다.

원래 하고 싶은 말 다하고 사는 키키 키린이
이건 너무 거짓말 같다는 생각에
이렇게 바꾸면 어떨까
제안을 했다는 겁니다.
"아름다운 사람은 아름답게
그렇지 않은 사람은 나름대로."

이 캠페인과 슬로건은 큰 호응을 얻었고
일본에서 몇십 년을 사랑받았습니다.

바꾸자고 제안한 키키 키린도
흔쾌히 받아 준 카피라이터도 참 대단합니다.
그들이 함께 이 훌륭한 카피의
주인이라고 생각합니다.

그가 사는
그 집

에쓰오일(S-OIL) 광고 촬영을 위해
파주의 어느 마을에 간 적이 있었습니다.
어느 반듯한 집 앞에 차 한 대 세워 놓고
설경구가 혼자 말하는 단순한 광고였습니다.

그런데 글쎄 촬영을 위해 빌린 그 집이
그때 이미 〈올드 보이〉로 세계적 명성을 얻은
박찬욱 감독 집이라는 겁니다.
그의 집은 어떤 모습일까 너무 궁금하여
화장실 가는 김에 조심스럽게
집 안을 둘러보았습니다.

책꽂이 가득 넘쳐나던 수많은 책과 자료,
영화를 볼 수 있는 혼자만의 조용한 공간,
꾸미지 않은 수수하고 미니멀한 인테리어 –
그때 내 눈에 그의 집은
작은 도서관이자 영화관이었습니다.

나중에 내가 집을 짓는다면
이런 공간은 꼭 가졌으면 하고
혼자 꿈을 꾸었습니다.

좋은 카피에는
주인이 많은 법

광고의 특성상 여럿이 한자리에 모여
이른바 아이디에이션을 하는 일이 많습니다.

이 자리에서는 누구나 자기 생각을 말하는데
디자이너가 전략을 말하기도 하고
기획이 카피를 말하기도 하고
카피라이터가 그림을 던지기도 합니다.

그러다 보니 '그 광고 내가 만들었다.'
'그 카피 내가 쓴 거다.'
'그 아이디어 사실은 내 거다.'
뭐 이런 주장들이 왕왕 나오기도 합니다.
성공했거나 유명한 광고일수록
이런 경우가 많은데,
이거야말로 환영할 만한 일입니다.

'실패한 광고는 고아다.'
이런 말도 있는데 이왕이면 고아보다
주인 많은 게 좋지 않을까요?

뭐라고
말씀하시겠습니까?

작지만 아주 스마트한 은행이었던 하나은행이
대형 은행으로 성장했을 무렵의 일입니다.
그들은 이제 큰 은행이 되었음을 말하고 싶어 했고
우리는 크기를 말하더라도 하나은행답게
설득력 있는 광고를 만들고 싶었습니다.

하나은행 임원들과 50여 명의 직원들이 참석한
대강당의 프레젠테이션 자리에
이제 막 광고를 시작한
엘리트 신입 사원 한 명을 데리고 올라갔습니다.

"이 친구는 보시다시피 뛰어난 용모에
멋진 포트폴리오, 지성과 감성을 다 갖춘 청년입니다.
만일 여러분의 조카가 오랜만에 이런 모습으로
여러분 앞에 나타난다면 여러분은
이 청년에게 뭐라고 말씀하시겠습니까?"

맨 앞에 앉아 있던 부회장께서 한마디 하셨습니다.
"참 잘 컸다!"

하나은행의 '참 잘 컸다.' 캠페인은
그렇게 시작되었습니다.

아깝다
그 슬로건

그 옛날의 일본 벤츠 광고 하나가
오랫동안 기억에 남아있었습니다.

비 오는 정원에 벤츠가 한 대 서 있고
뭐 정확하지는 않지만 대략
'136가지의 비가 내리는 나라, 일본'
이런 멋진 카피가 붙어 있었죠.

그 광고를 보면서 '비 하면 우리나라지.' 하며
속으로 헤아려보기도 했습니다.

이슬비, 보슬비, 여우비, 장대비, 소나기 …….
벤츠가 일본보다 먼저 우리나라를
경험했더라면 아마도
'아름다운 나라의 메르세데스'라는
그들의 근사한 슬로건은 우리 것이
되었을 것이라 생각했습니다.

꼭 말로 해야만
아나?

내가 오래 일했던 멋진 광고회사 웰콤 –
거기 박우덕 사장님은 여러 모로
남다른 능력을 가진 어른이셨습니다.

그중에 참 신기했던 게
당시 프랑스 퍼블리시스그룹의 아시아 회장
'기욤'이 한국엘 오면,
두 양반이 몇 날 며칠을 붙어다니며
통역도 없이 많은 얘기를 나누는 것입니다.
영어를 못하는 한국인과
한국말을 못하는 프랑스인이
그림 그려 가며, 손짓 발짓 해 가며

그때 직원들 대부분이 그 모습에 대해
불가사의하다며 신기해했습니다.

외국어를 못하는 막심 고리키와
러시아어를 모르는 슈테판 츠바이크가
소렌토에서 행복한 3일을 보냈다는 이야기가
자꾸 떠오르고는 했습니다.

길 위에서 🌷

추사는 마침내
어린아이로!

오늘도 휘휘 걸어서 20분 만에
봉은사에 왔습니다.

사찰 둘레길도 한 바퀴 걷고
경기고등학교 방면으로 난
'문정희 시인길'도 다녀오고
천천히 경내의 전각들을 둘러봅니다.

하이라이트는 단연 판전!
거기 추사가 죽기 사흘 전에 썼다는
편액이 걸려 있습니다.

제주도에서 해남에서 강진에서
그리고 과천 추사박물관에서
그의 많은 글씨들을 만나봤지만

내게는 마치 소년이 쓴 것 같은
이 글씨가 예사롭지 않습니다.

김기창 화백의 〈바보 산수〉처럼
김수환 추기경의 자화상 〈바보야〉처럼
추사도 말년에 아이의 경지로 돌아간 것이
틀림없다고 생각하곤 했습니다.

살며
있는다는 것

부여 버스터미널에서 멀지 않은 곳에
자리한 신동엽 문학관 -

복원해 놓은 그의 옛 생가 뒤에
임옥상의 작품 〈시의 깃발〉이 나부끼는
아름다운 문학관이 있습니다.

건물과 정원, 조각들도 좋았지만
무엇보다 인상적이었던 건
생가 앞에 있던 시 한 편이었습니다.

" .....
있었던 일을 늘 있는 일로 하고 싶은 마음이
당신과 내가 처음 맺어진
이 자리를 새삼 꾸미는 뜻이리라

우리는 살고 가는 것이 아니라
언제까지나
살며 있는 것이다."

그의 아내 인병선의 시
〈신동엽 生家〉에서처럼

시인은 그곳에서 그의 시와 함께
아내의 다정한 마음과 함께
살며 있었습니다.

여전히 –

이유 있는
반항

병산서원까지 가는 택시 안에서
기사님이 꼬드기십니다.

"병산서원서 하회마을까지?
거길 왜 걸어가니껴?
그냥 이 차로 돌아나오셔.
내 기다릴께."

"아닙니다, 그냥 걷고 싶습니다."

"이 더위에 먼 고생이시랴?
그냥 내 말 들으시지."

그때, 그 길 안 걸었으면
두고두고 후회할 뻔했습니다.

낙동강 강바람 맞으며
이름 모를 온갖 새소리 들으며
시원한 그늘 속을 두어 시간
노래 부르며 걸었습니다.

72세 택시기사님 말 안 듣길
참 잘했습니다.

어른 말씀 안 듣는 편이
나을 때도 있습니다.

마중 나온
발자크

연신 블랙커피를 마셔대면서
망토를 두른 채 글쓰기에 전념하다가
문 두드리는 소리에
"누구시오?" 하며 문 열고 나온 발자크!

로뎅이 만든 발자크상은 바로
이런 모습을 하고 있습니다.

다른 조각상들과는 사뭇 다른
평범하면서도 너무 사실적인 모습에
프랑스 문화성이 수정 요구를 했는데
로뎅이 단칼에 거절했다죠.

나는 이 조각상이 마음에 들어
오르세를 방문했을 때 한참 동안
그 앞에서 발자크와 대화를 시도했습니다.

뒷날 아시아나항공 조영석 전무에게
식사 자리에서 이 얘기를 했더니
"그 발자크가 모란미술관에도 있어요."
하는 것이었습니다.

그랬습니다, 있었습니다.
깊은 가을, 모란미술관을 갔더니
단풍 한창인 그 뜰 한 켠, 특별실에서
발자크가 예의 그 모습 그대로
마중을 나오는 것이었습니다.

끈질긴
인심

스페인 산티아고 순례길을 본보기 삼아
신안의 섬에 순례길을 만들었습니다.
우리나라와 프랑스의 건축가들이 합세해
예수님 열두 제자의 이름을 가진
12개의 작고 아름다운 성소도 세웠구요.

보통 그런 길이나 건물들은 시간이 지나면
빛이 바래거나 관리 소홀로 인해
흉물로 변하기 쉬운데, 여긴 아니었습니다.

섬 주민들이 얼마나 정성 들여 쓸고 닦는지
하늘과 바다와 길과 성당들이 조화 속에
아름다움을 뽐내고 있었습니다.

1박 2일, 혼자서 그 길을 걷고 있는데
승합차 한 대가 지나다가 섰습니다.

"타셔."

"아닙니다, 괜찮습니다."

"빈 자리 많은데, 타셔."

"아니요, 일부러 걷는 겁니다."

" ..... 어디서 오셨어?"

"네, 서울서 왔습니다."

"먼디서 오셨네. 긍께 타셔. 다리 아퍼."

"정말 괜찮습니다. 감사합니다."

"타도 되는디."

끈질긴 인심에 행복해하며
저 끈기가 이 섬을 아름답게 지키는
힘 아닐까 생각했습니다.

유기농
농부 시인

강진 다산초당 앞 민박집에서
이박삼일을 묵었습니다.

뿌리의 길을 몇 번이고 오르내리고
초당과 백련사를 몇 차례 오가면서
오고 싶어도 오지 못했던
그동안의 허기를 푸짐하게 채웠습니다.

무엇보다 기억에 남는 것은
민박집의 70대 부부셨습니다.

이대 나오신 민박집 사모님의 상차림과
시 쓰는 일이 취미인 그 댁 농부 사장님의
밥상 앞 그윽한 시 낭송이라니 –

잠시 동안 내가 혹시
그 옛날의 다산초당에 와 있는 건 아닌지
즐거운 착각에 빠지기도 했습니다.

오는 날, 가방을 뒤져
이시영 시집 《하동》을 선물로 드렸습니다.
꼭 한 줄 남겨야 한다며 내미시는 방명록에는
함민복 시에서 한 대목 빌려 썼습니다.

"마음이 마음을 먹는 행복한 식사,
감사했습니다."

꽃의
기적

벚꽃 활짝 피어 있는 쌍계사 가는 길
말하자면 십리벚꽃길.

퇴직 안 했으면 평일에 이 길 걸을 수 있었겠냐고
이런 호사를 어찌 누릴 수 있었겠냐고
오랜 친구와 느긋하게 꽃구경하는데

할머니 반열에 들어섰음직한 여인네들이
사진을 찍고 있었습니다.

"먼저 지나가이소.
부끄럽잖아예."

발그레 물든 뺨의 그 아주머니는 기적처럼
소녀가 되어 있었습니다.

'뒷모습'을
기억합니다

에두아르 부바의 사진에
미셸 투르니에가 글을 쓴
인상적인 사진집 《뒷모습》

나는 이 책이 마음에 들어 한때 뒷모습으로
캠페인을 만들까 생각했었습니다.

구례구역 다리 건너 카페 '구례역대합실'에서
화장실 가는 길에 그 책을 보았습니다.

"이 책이 있었네요!" 내가 말했고
"그 책을 아시네요!" 주인이 말했습니다.

몇 주 뒤 섬진강을 걷다가
다시 그 카페를 찾았을 때
마스크를 썼는데도
주인은 나를 알아보았습니다.

"그때 그 '뒷모습' 아니세요?"

황색 예수가
없는 이유

외계 생명체를 인간과 비슷한 모습으로
묘사하는 할리우드의 편향을
칼 세이건은 '지구 우월주의'라고
꼬집은 적이 있습니다.

유럽의 그 큰 미술관에서
예수님이나 하나님을 서양 백인의 모습으로
묘사한 많은 그림과 조각들을 보면서
나는 이거야말로 '백인 우월주의' 아닌가
의심한 적이 있습니다.

미당과
바그너

히틀러가 사랑했던 바그너,
그래서 그는 이스라엘인들에게는
늘 기피의 대상이었습니다
이스라엘 땅에서 바그너 음악이 울리는 일은
상상할 수 없었습니다.

어느 날, 유대인 음악가 다니엘 바렌보임이
예루살렘 공연에서 말합니다.

"지금부터 우리는 바그너를 연주할 것입니다.
여기서 나가는 것은 자유지만,
누구도 우리의 바그너 연주를
막을 수는 없습니다."
바그너가 아니라 그의 예술을 옹호한
위대한 용기 아닐는지요.

미당 생가와 문학관이 있고
그의 수많은 문학적 자취와 흔적들이 가득한
고창 여기저기를 돌아다니다가
그런 생각이 들었습니다.

미당이 아니라 그의 문학을
온몸으로 옹호할 우리의 바렌보임은
아직 없는 걸까요?

궁전보다 박물관보다
거기, 공동묘지

파리 외곽에 위치한 공동묘지 페르 라셰즈는
어느 공원 못지않게 단정하고 아름다웠습니다.
입구 꽃집에서 빨간 장미 다섯 송이를 샀습니다.

심장은 고국 폴란드로 보내고
몸만 누워 있는 쇼팽의 무덤에
맨 먼저 꽃 한 송이를 놓았습니다.
마우리지오 폴리니가 연주한
그의 폴로네이즈 6번이 가슴을 때리는 듯했습니다.

뒤이어 오스카 와일드.
아이러니하게도 동성애자였던 그의 무덤
유리 펜스에는 키스 마크가 가득했습니다.

가족 봉안묘 한구석에 자리한 에디트 피아프.
쇼팽의 진실한 친구였던 들라크루아
그리고 플로베르, 프로스트, 이사도라 던컨 ······.
장미 다섯 송이로는 어림도 없었습니다.

다음날 베르사이유 궁전을 둘러봤는데
그 화려한 궁전과 정원은 눈에 들어오지 않았고
내 마음은 계속 이 공동묘지를 걷고 있었습니다.

이런 대답
들어보셨슈?

아내와 함께 당일치기로
충청북도 진천을 갔습니다.
신라시대에 만들어 천 년 이상을
버티고 있다는 농다리도 건너고
호수 둘레길도 걸을 셈으로 말입니다.

초행이라 터미널에서 농다리까지 택시를 탔습니다.
아내가 기사님께 물었습니다.

"진천에서 특색 있는 먹거리가 뭔가요?"

"그런 거 없슈."

"네???"

"특색 없는 것이 진천의 특색이쥬."

기사님이 백종원 같은 말투로 대답했습니다.

희한하게도 그 대답이
여기선 뭘 먹어도 맛있을 것 같다는
기대를 갖게 하는 것이었습니다.

신구의
조화

평일의 논산 돈암서원은
적막, 그 자체였습니다.

응도당 넓은 마루에 앉아
시원한 바람 온몸으로 맞으며
존 버거의 《다른 방식으로 보기》를
읽고 있는데

갑자기 재잘재잘 시끌벅적
스무 명 남짓의 유치원 아이들이
몰려왔습니다.

나는 건너편 정회당 마루로
쫓겨났습니다.

거기 앉아 지켜보니
아이들이 옛 선비복으로 갈아입고
대님 묶고 옷고름 매고
예절교육 받는 진지한 모습이

퍽이나 웃기고 이뻤습니다.

옛 서원에 요즘 아이들이라 –

서원이 줄 수 있는
가장 아름다운 신구조화를
그날 보았습니다.

뛰지 않을
결심

우리 동네 진선약국 건너편에서
깜빡이는 신호등을 보고
급한 마음에 뛰어가다가 마치 개구리처럼
철퍼덕 넘어진 적이 있었습니다.

몇 해가 지났지만
아직도 그 자리를 지날 때면
그때의 기억이 떠올라 얼굴이 붉어집니다.
얼마나 아프고 창피했던지!
그날 이후
다시는 뛰지 않겠다고 결심했습니다.

다음 신호에 건너면 되지, 그렇게
마음먹기로 했습니다.
그랬더니 정말 다음 신호에 건너도
여태까지 아무 일도 없었습니다.

말년의 토스카니니가 계단을 구른 뒤 했다는

"왜 나에게 90의 몸에

20대의 끓는 피를 주셨습니까?"

라는 원망은 하지 않아도 될 듯합니다.

어머니는
통역사

1박 2일, 아내와 함께 어머니 모시고
강화도 여행을 갔을 때입니다.
숙소 가까이에서 산비둘기들이
울고 있었습니다.

어머니께서 통역을 해 주셨습니다.

"기집 죽고 구구, 자식 죽고 구구
헌 누더기 구구, 이는 물고 구구."

가족을 잃은 비둘기가
이제 혼자서 어떻게 사느냐며
저리 슬피 우는 것이라고
친절하게 설명해 주셨습니다.

새의 넋두리를 알아듣는 어머니 귀가
마냥 신비로웠습니다.
사람 말도 못 알아듣는 내 귀가
참 부끄러웠습니다.

뒤늦은
참회

한참을 걷다가 생각해보니
나의 대학 졸업 논문이
'최서해論'이었습니다.

그런데 졸업한 지 34년이 되어서야
최서해 묘역을 찾게 된 것이지요.
그것도 이제는 공원으로 조성된
옛 망우리 공동묘지를 걷다가 우연히!

나는 꽃 한 송이도 놓지 못하고
그의 무덤 앞에
머리를 숙였습니다.

'용서하세요
제 인생이 이렇게 기초가
부실합니다.'

조금씩
젊어지는 집

서울 시내 한복판에
그 집이 있었습니다.
《무량수전 배흘림 기둥에 기대서서》라는
책을 쓴 최순우 선생의 옛집!

'杜門即是深山'이라는 현판에 어울리게
대문을 들어서고 뒤꼍을 돌아보니
그저 아름다운 자연이었습니다.

대학교 4학년이라는 인턴 해설사가
자신의 실습 대상자가 되어 달라고
정중히 부탁했습니다.
급한 일도 없고 하여 쪽마루에 앉아
잘생긴 청년의 연습용 해설을
들어주었습니다.

젊고 씩씩한 해설 덕분인지
그 집은 나이를
거꾸로 먹고 있었습니다.

서산대사
詩처럼

백범 선생께서 애송하셨다는
서산대사의 시,

"눈 내린 들판 걸을 때
아무렇게나 어지러이 걷지 마라.
오늘 네가 남긴 발자국이
뒷사람의 길이 되리니."

지난 겨울, 난생 처음 눈 쌓인
운탄고도를 허덕허덕 걸을 때 –

길 없는 길에 길을 만들겠다고
눈 헤치며 앞서 나가던 내 친구, 박성기!

따라가며 보던 그 뒷모습이
산짐승 같기도 했지만
마치 백범 선생처럼 듬직했습니다.

산을 닮은
공무원

전직 국어 선생님인 친구 정경수와
지난 봄 남도 여행 할 때의 이야기입니다.
구례를 거쳐 담양 가는 길에
강천사를 잠깐 들렀다 가기로 했습니다.

5시가 조금 넘어 강천사 입구에 갔더니
담당 공무원 이르기를,
오늘 입장이 끝났다는 것입니다.
산행 코스가 길고 나올 시간까지 고려해
입장 시간을 제한한다는 것이었습니다.

난감한 얼굴로 서 있었더니
"근데 어디서 오셨어요?" 합니다.
"멀리 서울서요." 했더니
"그럼 너무 멀리는 가지 마시고 강천사까지만
서둘러 보고 오세요." 하며
무료 입장을 시켜 주는 것입니다.

산을 지키는 공무원은
산처럼 품도 참 넓었습니다.

이곳에서
그들이

〈헤어질 결심〉을 한 번 더 보았습니다.
친구와 송광사를 가기로 했거든요.

두 번째는 더 좋았습니다.
처음에 놓쳤던 대사도 들을 수 있었고
그들의 행동과 말뜻을 더 잘
이해할 수 있었습니다.

정훈희의 '안개'를 속으로 따라 부르며
송광사를 두루 걷고 있는데
친구가 탕웨이의 대사를 읊었습니다.

"당신이 사랑한다고 말했을 때
당신의 사랑은 끝났고
당신의 사랑이 끝났을 때
내 사랑은 시작됐죠."

친구에겐 미안하지만
그만 닭살이 돋았습니다.

낙동강에게
사과를!

언제부턴가 나는 허구한 날
섬진강 타령만 했습니다.
구례 하동 악양 지리산 운운하면서
철마다 섬진강을 그리워했고
언젠가는 그 강가에 살 것이라고
큰소리치기도 했습니다.

도산서원 앞을 선비처럼 흐르는
낙동강을 오래 바라보다가
병산서원 지나 하회마을을 휘도는
그 낙동강을 한나절 따라 걷다가
갑자기 미안해졌습니다.

그동안 섬진강만 강인 줄 알았다고
이 멋진 낙동강을 무시할 뻔했다고
그래서 미안하다고
낙동강에게 사과했습니다.

남들은 몰라도
그 강의 피라미들은 나의 사과를
아마 기억할 겁니다.

잃은 것과
얻은 것

코로나19로 인해 세상이 멈춘 첫 해,
클라이언트를 방문할 일도 없어지고
누구를 만날 일도 없고 모임도 끊겼을 때
벼르던 치과와 이비인후과를 찾았습니다.

몇 년을 미뤘던 임플란트와
2차례의 이비인후과 수술을 했고
일 년을 그 치료에 써야 했습니다.

덕분에 잃어버렸던 후각과
짐승의 이빨을 되찾을 수 있었습니다.
많은 것을 잃어버린 시대에 오히려
본능과 본질을 찾은 셈이지요.

남은 인생, 관리를 잘해야 할 텐데
그게 그리 자신은 없습니다.

오죽하면
병원 정문은 '각오의 문'이라고 하고
후문은 '망각의 문'이라고 할까요.

내가 줄을 선
이유

카페 하는 딸아이에게 이끌려
아침 일찍 코엑스에 갔습니다.
유명한 카페, '아라비카' 국내 1호점이
론칭하는 날이라는 겁니다.

온갖 젊은 친구들 사이에서
약 40분을 줄서서 기다려야 했는데
지나가던 아주머니 한 분이 물었습니다.

"이게 무슨 줄인가요?"

"아, 네, 커피 마시려고 서 있는 줄입니다."

"커피요? 공짜로 주나 보죠?"

"???"

공짜도 아닌데, 커피 맛도 잘 모르는데
왜 오래 줄을 서 있는 건지
나도 궁금했습니다.

살아 본 이의
증언

아내와 함께
이천 산수유마을에 꽃구경 갔다가
영릉도 한 바퀴 걷고,
신륵사도 둘러보고 오는 길이었습니다.

갑자기 그 동네에 있다는
여백서원 생각이 나서
무작정 내비를 켜고 차를 돌렸습니다.

괴테 전문가인 전영애 교수가
손수 가꾼 정원,
외국에서도 많이들 찾아오고
특히 어린아이들 나들이 장소로 개방된다는
그 이쁜 정원.

마침 문이 잠겨 있어서
대문 너머로 기품 있는 그 집과 마당을
훔쳐보고 왔습니다만
그렇게라도 꼭 그 집을 보고 싶었던 건

TV에서 본 그분의
이 말 때문이었습니다.

"살아 봤더니 바르게 살아도
괜찮아요."

봄날의
아인슈타인

혼자 봄날의 섬진강을 걸으며
왜 아인슈타인이 생각났을까요?

마치 그가 옆에서 속삭이는 것처럼
그의 말이 떠올랐습니다.

"우리가 경험할 수 있는 가장 아름다운 것
가운데 하나는 신비로움이다.
그것은 모든 진실한 과학과 예술의 원천이다.
더 이상 경탄하지 않는 사람은
죽은 거나 마찬가지다."

아인슈타인의 이 말은 죽을 때까지
죽지 않는 방법을 가르쳐 주는 것 같습니다.

지금은 봄이고, 얼마나
경탄할 만한 것들이 넘쳐나는지 –

주위로 눈 돌려보니
온통 살아 있는 것들 투성이 속에
살아있는 내가 있었습니다.

미황사
유감

왜 그런 곳 있잖아요?

비장의 카드 같은, 최후의 보루·같은
아끼고 아껴둔 마지막 사탕 같은 –
미황사는 내게 그런 절이었습니다.

박찬 시인의 〈봄 편지〉를 읽고도 꾹 참고
대흥사, 송광사, 선암사를 갔다가도
훗날을 기약하던 보석 같은 곳 말입니다.

지난 봄 작정하고 친구들과 마침내
미황사를 들렀을 때 그만 울고 싶었습니다.
매화꽃 동백꽃 속 그림 같은 절을
그리고 있었는데 아니었습니다.

대웅전 보수공사로 달마산 바위가 다 가려졌고
템플스테이용 증축 공사로 사방팔방
가림막과 포크레인 소음뿐이었습니다.

아끼다가 뭐 된다더니

이것도 부처님 가르침이었을까요?

관음보살과
마리아

한때 요정이었던 절.

백석의 연인이 기부를 결심하며
'그깟 1000억도 백석의 시 한 줄만 못해'
라고 했다는 비싼 절.

그래서 거기 가면 법정 스님과
백석의 시와 그의 연인의 사당을
만날 수 있는 절.

한데 나는 그 절에서
마리아를 꼭 닮은 관음보살상이
가장 인상적이었습니다.

법정 스님께서 가톨릭 신자인 조각가
최종태 교수에게 간곡히 부탁하여
이런 멋진 관음상이 탄생했다는 걸
다큐를 통해 알았습니다.

거기 가면 세계 어디서도 볼 수 없는
종교를 넘나드는 아름다운 이해를
만날 수 있어서 참 좋습니다.

그분과 꼭 닮은 자매 관음상이
광릉 봉선사에도 한 분 계십니다.

얄미운
화장실

오래간만에 도쿄에 다시 갔을 때
몇 년 전 신문 기사가 생각났습니다.

도쿄 시부야구 공중화장실 프로젝트 –

당시 도쿄 올림픽을 앞두고
누구나 가고 싶고, 찾고 싶은 멋진
공중화장실을 만들기 위해

구마 겐코, 이토 도요, 안도 타다오, 반 시게루 등
세계적인 건축가들이 손을 잡았습니다.

생각은 할 수 있지만 실행은 어려운
이 프로젝트를 기어이 완성시킨 그들이
존경스럽고 얄밉기까지 했습니다.

이 아름다운 화장실이
시부야에 17개가 있다고 들었는데
그 가운데 다섯 곳을 둘러보았습니다.

내가 아주 싫어하는 일본 정치인과
극우들을 생각하며 똥이나
한 판 싸주고 가야지 작정했다가
내가 아주 좋아하는 문화, 예술인들을 생각하며
깨끗하게 손만 씻고 나왔습니다.

일본이라는 나라를 생각하면
미움과 원망이 가득하지만

지구라는 아름다운 별의 한 귀퉁이라고 생각하면
이곳 또한 소중히 여기고 잘 지켜야 할 대상이라는
생각을 하게 됩니다.

기쁨 끝에
슬픔

비바람을 무릅쓰고 찾아간 신미술관은
건물의 위용도 대단했지만 때마침 열린
테이트모던 특별전은 더 대단했습니다.

런던 테이트모던 갤러리의 보수공사를 틈타
아예 한 부분을 통째로 옮겨놓은 듯
전시 작품의 면면이 아주 화려했습니다.

윌리엄 터너, 존 컨스터블을 질리게 보았고
칸딘스키, 모네, 피사로도 만끽했습니다.
마크 로스코 앞에서는 한동안 넋을
놓을 수밖에 없었고, 지금 세계를 뒤흔드는
올라푸르 엘리아손의 작품을 두 점이나
만나는 행운도 누릴 수 있었습니다.

로비에서 값을 헤아릴 수 없는 귀한
의자에 앉아 다리를 쉬는 호사를 누리다가
그때, 선우 균 형의 부음을 들었습니다.

믿을 수 없었습니다.
불과 얼마 전에도 만나 식사했던
그 격의 없고 다정한 형이 죽다니요?

행복한 하루가 슬픈 하루로
한순간에 바뀌고 말았습니다.
형에게 명복을!!!

읽다가

누구 때문에
일그러졌는데

세계 여러 나라에서 겪고 있는
현대사의 불행한 국면은 많은 부분
그 원인을 거슬러 올라가 보면
식민 지배에 뿌리를 두고 있습니다.

재일 디아스포라인 서경식은
그의 책 《디아스포라 기행》에서
이러한 제국주의적 식민 지배가
수 세기에 걸쳐 야기한 하나의 불행한 현상을
이렇게 표현합니다.

"거대한 일그러짐"

세계 곳곳에서 전쟁과 분쟁이
오랫동안 끊이지 않는 지금

제국주의자들과 그 후예들은
마치 남의 말 하듯이 팔짱을 끼고
이 일그러짐을 구경만 하거나
나아가 훈수를 두고 있습니다.

가슴이
뛰지 않을 때

어울리지 않게 무슨무슨 대학의
'최고 경영자 과정'을 다닌 적이 있습니다.

첫날, 상견례 자리에서 난감하게도
자기소개를 하라는 겁니다.

무슨 말을 해야 하나 고민하다가
마루야마 겐지의 말을 빌렸습니다.

"짐승으로 태어났지만 인간으로 죽고 싶어서,
뭐라도 배우고 싶어서 왔습니다."

이렇게 한 마디 필요할 때뿐 아니라
나른하고 무기력하고 더 이상
가슴이 뛰지 않을 때 나는 종종
마루야마 겐지를 읽습니다.

"생각대로 되지 않는 것투성이,
불쾌한 것투성이, 지긋지긋한 것투성이,
그렇기 때문에 사는 것이 재미있다고

발상을 전환하는 데 성공하지 못하면
진흙으로 만든 인형 같은 일생을
보낼 수밖에 없다."

언제 읽어도 곧 가슴이 쿵쾅거리는 걸 보면
명약이 따로 없습니다.

읽어야 하는
이유

늙지 않으려면
부지런히 유산소 운동을 해야 한다고
그러니 헬스라도 다녀야 한다고
가족들은 성화지만 그게 잘 안 됩니다.

늙어 보이지 않으려면
염색이라도 좀 하라고, 그것만으로도
몇 년은 젊어 보일 거라고
주변에서 권하지만 내키지 않습니다.

"책으로 젊은 피를
수혈할 수도 있다고 믿는 한
나는 늙지 않을 것이다."

그저 틈틈이 걷는 일과
꾸준히 읽는 일이 전부인 내게
박완서 선생의 이 말이 크게
위로가 되는 요즘입니다.

그러니 게으른 나도
열심히 읽을 수밖에요.

"벌써요?"라는
질문

묻지도 않았는데 다가와서는
스스로 그리스도 교도라고 밝히는 이에게
마야 안젤루가 맨 처음 하는 말은
"벌써요?"라는 질문이었다고 합니다.

다른 어떤 종교와 마찬가지로
그리스도교도가 된다는 것은
평생의 노력이 필요한 일이라고
생각하기 때문이라는 거죠.

생각해보면
모든 인생이 그렇지 않나요?

그런 의미에서 비록 은퇴를 했지만
나는 아직 어른이 되어 가는 중이고
자연을 사랑하기 위해 애쓰는 중이고
나아가 인간이 되어 가는 중이라고
생각합니다.

누구에게나 있는
그 병

대학 친구 정경수와 평일 아침마다
시 한두 편씩을 주고받으며
시 얘기로 하루를 연 지가 꽤 되었습니다.

나이 들어서 매일 하는
즐거운 숙제 같은 것이라고나 할까요.

엊그제는 김기택의 시
〈모녀〉를 올렸는데 잠시 후 답이 왔습니다.

"지난번에 한 번 올렸던 시."

아차 싶었지만, 뭐 괜찮습니다.
파트리크 쥐스킨트의 글을 읽은 뒤로는
이 증세가 무엇인지 우린 서로 알고 있거든요.

바로 '문학의 건망증'

쥐스킨트의 이 인상적인 단편은
읽은 책에 대해 까맣게 잊어버리는 건망증이

사실은 누구에게나 있는 흔하고 평범한
증상이라는 걸 가르쳐 줍니다.
그리고 더불어 큰 안도감을 줍니다.

그래서 우리는 종종 이런 경험을 할 때마다
우리도 평범한 사람임을 자각하고
이것은 '유익한 건망증'이라고 서로 위로합니다.

그리고 얼마 후, 아무렇지 않게
같은 증상을 반복합니다.

불경기에 해 본
생각

세계적인 불황에다가
장기간 계속되는 전쟁의 여파로
나라 안팎으로 어려운 시기입니다.

경제가 어려워지면 서민들은
정부의 대책 마련이나 정치권의 획기적인
대안 제시 등을 기대하기 마련입니다.

그러나 대개는 기대에 그칠 뿐
상황을 반전시킬 정책이 그렇게
쉽게 나오는 경우는 극히 드뭅니다.

주노 디아스의 놀라운 소설
《오스카 와오의 짧고 놀라운 생애》에는
장사 안 되는 중국인 식당 주인의
이런 원망과 푸념이 나옵니다.

"정치가 너무 심해,
정치는 정치인한테만 좋고
나머지한테는 다 나빠."

1950년대 독재 치하 도미니카가
배경이지만 과연 이 말에 우리는
고개를 가로저을 수 있을까요?

불경기에 고통받는 서민들에게
정치가 희망이 되는 시대를
정말 정말 기대해 봅니다.

릴케가 니체를
이긴 이유?

내게 릴케는 너무 친숙한 이름이지만
또한 만만한 상대가 아닙니다.

그의 시를 가까이하는 일도 어렵지만
〈젊은 시인에게 보내는 편지〉 속
그 깊은 사유와 시에 대한 애정은
몇 번을 반복해 읽어도
섣불리 이해를 허락하지 않습니다.

루 안드레아스 살로메의
《하얀 길 위의 릴케》를 읽다가
이런 대목이 눈에 들어왔습니다.

"그는 초라한 접시를 손에 들고
있을 때에도 주의를 기울이며
소중하게 다룰 줄 아는 사람이었다."

잘은 모르겠지만
그의 이런 섬세한 태도가

니체의 구애를 뿌리친 콧대 높은 지성
살로메의 마음을 훔칠 수 있었던
비결은 아니었을까
생각해 보았습니다.

여행지에서 생각난
여행기

세비야의 스페인광장에서
참으로 멋진 플라멩코 버스킹을 보았는데요.

열광적인 무대가 끝나고
사람들의 박수갈채가 쏟아지는데
공연단 중 한 사람이 군중 속을 오가며
작은 박스를 내밀었고
사람들은 동전을 던지는 것이었지요.

주머니 속으로 동전을 헤아리며
얼마나 주어야 하는 거지 생각하다가
많이들 주는데 난 주지 말까 망설이다가

글쎄, 괴테의 《이탈리아 기행》에서
팔레르모의 상인이 괴테에게 했다는
이 말이 생각난 거지요.

"인간이란 다 그렇죠.
어리석은 일에는 기꺼이 자기 돈을 내지만

좋은 일에는 다른 사람에게
돈을 내게 하니까요."

그래서 내 손이 조금 부끄러웠지요.

인생이라는
수수께끼

로맹가리의 《벽》이라는
짧은 소설을 읽다가, 금방 읽고 나서 그만
밤을 하얗게 샌 적이 있습니다.

슬프고 아프고 안타까워서
그리고 삶과 사랑과 관계에 대해
답 없는 고민을 하느라고

이 로맹가리라는 작가는 참
사연이 많은 사람이지요.
에밀 아자르라는 다른 이름으로
《자기 앞의 생》이라는 걸작을 쓰기도 했고
국적, 엄마와의 이야기, 작가가 되는 과정
전쟁에 대한 믿을 수 없는 경험 등등 −

그의 자전적인 소설 《새벽의 약속》을
소설로 읽고 영화도 찾아보았습니다.

'끝났다'로 시작해서
'나는 살아냈다'로 끝나는 소설 −

그렇게 격렬하게, 모질게, 힘겹게
살아낸 그가, 왜 스스로에게
총을 쏘아 자살했을까?

궁금했습니다.
여러 날 생각해 봐도 알듯 말듯 했습니다.

어떤 이의
꿈

마틴 루터 킹의 꿈은
미국을 인종 차별이 덜한(법적으로는)
좀 더 괜찮은 나라로 만드는 데
크게 기여했습니다.

칼 세이건의 꿈은
인간이 좀 더 겸손해야 하는 이유와
지구를 아끼고 사랑해야 할 이유를
가르쳐 주었습니다.

정치에 대한 실망과 회의가 생길 때마다
'대체 당신들의 꿈은 무엇입니까?'
이런 질문을 던지고 싶습니다.

그리고 얀 마텔의 책 속
이 한 대목이 생각납니다.

"아무에게나 감히 물을 수 없는 질문이지만
저의 지도자가 되겠다는 사람에게는
어떤 상상력을 지녔는지

캐물을 권리가 있다고 생각합니다.
그 사람의 꿈이 자칫하면 제게는
악몽이 될 수 있으니까요."

백 번 옳은 지적입니다.
히틀러가 몸소 증명해 보인 지
아직 백 년도 안 됐으니까요.

늙는다는 것의
의미

변화무쌍한 세상을 살면서
가끔씩 삶의 지혜를 얻곤 하는
도반(道伴)이 있습니다.

그도 그렇게 생각할지는 모르겠지만
아무튼 그 이름 김남호 대표 –
그가 준 책 한 권이 각별했습니다.

그리스 출신의 스웨덴 이민자인
작가, 테오도르 칼리파티데스!

아예 쓰지 않는 것보다
후지게 쓰는 것이 두려워서
77세에 글쓰기를 버린 그의 이야기는
막 은퇴한 내게 큰 공감을 주었습니다.

많은 이야기들이 기억에 남지만
특히 이 한 줄,

"늙는다는 것에 의미가 있다면
젊은 날을 되돌아보며 부끄러워할
기회를 주는 것이란 생각이 이따금 든다."

부끄러워할 수 있어서 감사한
요즘입니다.

존 어빙에게
박수를

'파리 리뷰' 인터뷰 가운데 일부를
발췌 편집한 책, 《작가라서》를 읽다가
존 어빙의 인터뷰 대목에서 그야말로
나 홀로 빵! 터졌습니다.

"어른이 되면 재미없는 책을 끝까지
읽지 않습니다. 학교를 졸업한 보람 중
하나는 싫어하는 책을 끝까지 읽지 않아도
된다는 것입니다."

자기는 재미없는 책을 끝까지 읽지 않다 보니
부정적인 평론을 쓸 일이 없다는 말에

푸하하하!

"불쌍한 평론가들이 무섭게 심술을 부리는
까닭은 재미있지 않은 그 많은 책들을
끝까지 읽어야 하기 때문입니다."

이 대목에서 다시 한 번 더 크게

푸하하하!

늦게 찾아오는
즐거움

최승자 시인의 번역이라는 이유만으로
열심히 읽은 메이 사튼의 일 년 동안의 일기
《혼자 산다는 것》 –

읽는 내내
나이가 조금 들고, 여유가 생긴 뒤
이 책을 읽기를 잘 했다는 생각을 했습니다.

바로 이 대목 때문입니다.
"55세쯤부터는 죽음에 대한 인식 때문에
삶의 내면이 달라지기 시작한다.
시간이 갑자기 압축되고, 삶 자체가
지난 시절의 그 어느 때보다 귀중하게 된다."

봄이 예년의 봄과 다르게 생각되고
꽃 한 송이가 예사롭게 보이지 않고
별을 자꾸 쳐다보게 되고
책갈피도 더 많이 꽂게 되고
플레이리스트도 점점 늘어나는 요즘

이제 알 것도 같습니다.
삶 자체가 소중하다는 그 느낌, 그리고
늦게 찾아오는 즐거움들 말입니다.

절망이면서
희망인 이야기

스테판 츠바이크는 망명국가 브라질에서
어떠한 자료도 없이, 순전히 기억에 의존하여
《어제의 세계》를 썼다고 합니다.

그 내용의 디테일, 예를 들어
니체나 로뎅과의 대화, 로맹 롤랑과의 편지,
릴케와의 만남 등에 대한 구체적 묘사와
사실적인 진술 내용들을 보면
그의 기억의 한계는 어디까지일까
놀랍기만 합니다.

오늘날 챗GPT와 겨루어도
경쟁력 있을 것 같은 그의 기억은
나를 절망케 하지만

반대로 인간의 능력에 대한
희망을 갖게도 합니다.

친절한
버거씨!

"우리를 두렵게 하는 건 작은 일이에요.
우리를 죽일 수도 있는 거대한 일은
오히려 우리를 용감하게 만들어주죠."

존 버거의 소설 《A가 X에게》 속 이런 문장에서는
노자의 향기가 납니다.

80 나이에 이렇게 아름다운 소설이라니!

그래서 난 존 버거가 참 좋습니다.

세 번째 스무 살을 맞은 지금
아직 늦지 않았다고 감히 느끼는 건
존 버거의 그 아름다운
솔선수범 덕분일 겁니다.

있고 없고의
차이

스콧 니어링이 백 번째 생일을 맞은 날
이웃 사람들이 깃발을 들고 왔는데
그 깃발에 이렇게 쓰여 있었다는 겁니다.

'스콧 니어링이 백 년 동안 살아서
이 세상이 더 좋은 곳이 되었다.'

이런 감동이 또 있을까요?

얼마 전, 밀란 쿤데라가
세상을 떠났습니다.
오에 겐자부로, 류이치 사카모토가
죽은 지 얼마 지나지 않았는데 말입니다.

그로 인해 세상은 조금 더 가난해졌고
더 안 좋은 곳이 되고 말았습니다.

두 번밖에
안 읽었으면서

몇 년 전 문학평론가 신형철의 책에서
처음 이름을 알고 동남아 출장길에
챙겨 가 읽었습니다.

손턴 와일더의 《산 루이스 레이의 다리》

얼마 전 다시 이 책을 꺼내 읽었는데
쉽게 읽히지 않았고,
'왜 내게?'라는 질문말고는
딱히 남는 대목도 없었습니다.

그러다가 엊그제 산도르 마라이가
이 책을 네 번째 읽었다고,
인생과 운명의 문제를 이 소설처럼 그렇게
용감하게 제기했던 건 근래 보지 못했다고
고백한 글을 읽었습니다.

그 大家가 네 번이나 읽은 책을
두 번 읽고 이해하려 한 내가
참 딱했습니다.

땅과 나의
거리

무위당 장일순 선생에 대한 글을 읽다가
여러 이름과 책을 알게 되었는데
이 책과 이름도 그중 하나입니다.

최성현의 《그래서 산에 산다》

그중 한 대목.

"그것이 텃밭이든 정원이든
땅이 있는 삶이 주는 여유는 크다.
몸이 무겁게 느껴진다면
작은 일에도 짜증이 난다면
밥맛이 없다면
잠을 푹 잘 수 없다면
그대와 땅과의 거리를 살펴볼 일이다."

무얼 딛고 있는지 알기 위해서
손바닥만 한 정원이라도 가꾸라고 한
카렐 차페크가 생각나기도 했고

땅에 경배를 드리듯이
텃밭에서 김을 매시더란 박경리 선생이
떠오르기도 했습니다.

무알콜이라니
친구야

아랍권 최초의 노벨문학상 수상자라는
'나기브 마푸즈'의 《미라마르》!

이 소설 자체도 너무 재미있었는데
그 부록에 내가 사랑하는 '루이스 세플베다'가
작가를 기리는 글에서 한마디 합니다.

"알코올 없는 맥주란
그것을 강요하는 종교 원칙만큼이나
밋밋한 맥주다."

요즘 건강 관리를 위한 금주 기간이라
무알코올 맥주만 마시는 내 친구 박성기가
무척 안됐다는 생각을 했습니다.

어느 것이
먼저일까요?

"봄이 와서 꽃이 피는 것이 아니라
꽃이 피어나야 봄이 온다."고
법정 스님은 말했습니다.

"여름이라서 매미가 우는 것이 아니라
매미가 우니까 여름이다." 하고
안도현 시인은 말했습니다.

꽃구경 나섰던 그 봄길에서
매미 울던 그 여름 숲에서
종종 궁금했더랬습니다.

'진짜 무엇이 먼저일까요?'

그때
알았더라면

"아이가 뱀을 무서워하지 않는 이유는
용기가 있어서가 아니라
그게 뭔지 모르기 때문이다."라든가

"아이 때부터 너무 공손한 것만 가르치면
궁지에서 벗어나기 힘들지."와 같은
문장들을 왜 이제야 만난 걸까요.

《공중그네》를 읽다 보면
한 번은 어린 시절로 돌아가서
다시 시작해 보고 싶다는 생각이 들곤 합니다.

그것이 안 된다면
우리 아이 어린 시절로라도 돌아가서
제대로 키워 보고 싶은 마음이 들기도 합니다.

이제야
뵙겠습니다

참 근사한 제목의 소설
《너무 시끄러운 고독》을 읽었습니다.

왜 작가인 '보후밀 흐라발'을
체코 소설의 슬픈 왕이라 부르는지,
왜 밀란 쿤데라가 이 작가를 그렇게나
극찬했는지 알 것 같았습니다.

그런데 나는 왜 이제야 이 작가를 알고
이 소설을 읽게 된 것일까요?

마치 지난번 제주 여행에서
난생처음 아름다운
'개민들레꽃'을 만난 것처럼

세상에는 내가 미처 발견하지 못한
위대한 이름들이 많은 것 같습니다.

릴케의 말이
틀리지 않기를

일을 그만둔 뒤,
가까이 지내던 사람들과 다소
멀어진 느낌이 들었습니다.
연락도 만남도 뜸해졌을 테니
뭐 지극히 당연한 일 아니겠습니까?

걱정할 건 없습니다.
릴케에 따르면 그것이 오히려
내 주변이 넓어지기 시작했다는
증거라고 할 수 있습니다.

"당신 가까이에 있는 것이 멀어질 때
당신의 공간은 거대해지고
별들이 들어섭니다.
당신의 성장을 오히려 기뻐하십시오."

다른 이도 아니고 릴케의 말이니
일단 믿음이 갑니다.

자, 그럼 이제
내 안의 별을 한 번 세어볼까요?

이상한 나라의
엘리트

'나기브 마푸즈'의 소설 《미라마르》에는
혁명 이후 이집트 내각의 법무장관에 올랐지만
낮은 신분 때문에 법관들의 조롱과 무시를
감당해야 하는 '사드 자굴룰'의
이야기가 나옵니다.

고졸이라는 학력 때문에
검사들에게 알게 모르게 무시당했던
그 시절 노무현 대통령 생각이 나서
괜히 서글펐습니다.

나에겐 마치
성경 같은 소설

한 사람의 죽음을 가지고
모든 이의 삶을 생각하게 하는 소설,
《이반 일리치의 죽음》의 한 대목입니다.

"나의 한 생애가, 의식적인 삶이
정말로 옳은 것이 아니었다면 어떻게 하지?"

죽는 순간까지 이반 일리치를 고통스럽게 한
이 물음이 남 얘기 같지 않습니다.

나에게도 언젠가 찾아올 텐데
난 그때 어떤 대답을 할 수 있을까요?

사랑, 겸손, 용서, 허무 등등
삶의 밑바닥을 생각하게 만든다는 점에서
무신론자인 나에게 이 책은
권사님이신 어머니의 성경 같은 것 아닌가
생각해 본 적이 있습니다.

이웃 별들의
충고

금성은 이산화탄소 온실 효과로
표면 온도가 470도나 된다고 합니다.

화성은 오존 고갈로 인해
지표면이 자외선을 바로 받아서
뜨겁게 이글거린다고 합니다.

우리의 가장 가까운 이웃 행성들이
우리가 지구에서 저지르지 말아야 할
멍청한 짓들을 경고하고 있다고
30년도 더 전부터
칼 세이건은 역설했습니다.

우리는 지금도 칼 세이건의 후예들에게
똑같은 충고를 듣고 있습니다.

가난의
정의

니코스 카잔자키스의
《영혼의 자서전》에는
이런 대목이 있습니다.

"언젠가 나는 어느 이웃 사람이
하는 이야기를 들었다.
'가난을 두려워하는 사람이 가난뱅이야.
나는 가난을 두려워하지 않아.'"

은퇴를 결심하고
조금은 불안해하고 있던 내게
이 대목은 큰 용기를 주었습니다.

그리고 그때부터 더 이상
가난이 두렵지 않았습니다.

부자의
정의

마르케스의 이름다운 소설,
《콜레라 시대의 사랑》에는 한 여인을 위해
아주아주 돈을 많이 번 남자
플로렌티노가 나옵니다.

그는 돈이 많아진 뒤에도 허름한 집에서
누추한 삶을 살아갑니다.
부자가 왜 그렇게 사느냐고 조롱당했을 때
그의 대답이 퍽 인상적이었습니다.

"부자라니, 난 그저 돈 많은
가난한 사람일 뿐이오.
그건 다른 것이오."

부자와 가난뱅이에 대해
그렇게 오래 고민하게 만든 건
그 소설이 처음이었습니다.

너무 어려워요
맑은 가난

법정 스님 말씀은 참 이상합니다.
들을 땐 너무 쉽고 금방 수긍이 되는데
실천하기는 도무지 어려우니 말입니다.

이를테면
"하나가 필요하면 하나만 가져야 한다."

그렇지, 옳거니 고개를 주억거리면서도
정작 여분의 만년필, 신발, 옷, 가방 등을
선뜻 처분하지 못합니다.

"맑은 가난이란
아무것도 갖지 말라는 게 아니라
불필요한 것을 갖지 말라는 말이다."

지극히 옳으신 말씀이라며 맞장구치면서도
불필요한 책, 그릇, 연장 등을
잔뜩 끌어안고 삽니다.

스님!
얼마나 더 고민하고 더 많이 질문해야
저는 이 '풍요로운 감옥'에서
석방될 수 있을까요?

칸트의
헛소리

어느 날 갑자기
직업도 버리고 가족도 버리고
그림을 그리러 떠난 찰스 스트릭랜드에게
소설 속 내가 말합니다.

"아무래도 이런 격언을 믿지 않으시는군요.
'그대의 모든 행동이 보편적인 법칙에
맞을 수 있도록 행동하라'
는 격언 말입니다."

"들어본 적도 없거니와 돼먹지 않은 헛소리요."

"칸트가 한 말인데요?'

"누가 말했든 헛소리는 헛소리요."

의문의 1패를 당한 칸트,
그가 지하에서 이 말을 들었다면
환장할 노릇이겠지요.

하지만 소설 속 괴짜 주인공이
훗날 세상에 그 많은 걸작을 남긴 폴 고갱을
모델로 한 인물이었다니
칸트의 말을 헛소리라고 한 그의 말을
그냥 헛소리라고만 할 수는 없겠지요.

그래서
그랬군

산도르 마라이의 산문집, 《하늘과 땅》은
여러 모로 많은 깨달음을 줍니다.
가령 이런 대목처럼요.

"진정으로 위대한 시와 소설,
그리고 학문서들은 동화처럼
소박하고 천진한 데가 있다.
위대한 책들은 언제나 동화책이기도 하다."

톨스토이의 〈바보 이반〉이나
오스카 와일드의 〈행복한 왕자〉를 읽고
마치 동화책 읽는 기분이었던 이유를
마침내 알 것 같았습니다.

어른을 주책없게
만드는 책

어른이 되고 나서 3번이나 읽은 건
아마 이 책이 처음일 겁니다.
두 번 읽은 책은 몇 있지만요.

앞으로도 틈날 때마다 몇 번이고
다시 읽으리라 결심한 책도
지금까지는 이 책이 유일한 듯합니다.

《어린 왕자》는 내게 그런 책입니다.

자꾸 별을 보고 싶다는 생각을 하게 하고
하늘을 보며 어느 별에나 꽃이 피는
아늑한 상상을 하게 만드는 책.
주책없는 어른이 되게 하는 책.

"가령 오후 4시에 네가 온다면
나는 3시부터 행복해지기 시작할 거야."

나이 들어서도 꿈꿀 수 있다고
자꾸 옆구리 찔러대는 책을
어찌 펼치지 않을 재간이 있을까요?

그때 그
충고

철학자와 심리학자가 같은 주제를 놓고
각자의 관점에서 의견을 펼치는
아주 재미있는 책을 읽다가

성공에 대해 러셀이 했다는 이 말에
고개를 끄덕일 수밖에 없었습니다.

"성공은 행복의 한 요소일 뿐이며,
그것을 얻기 위해 다른 요소들을
지나치게 희생하는 것은
너무 비싼 값을 치르는 것이다."

오래전 내가 일에만 몰두하던 때
카피라이터이자 시인인 윤제림 선배가
내게 자주 했던 충고가 생각났습니다.

"노는 것도 일이고, 여행도 일이고,
술 마시는 것도, 사람 만나는 것도 일인데
일 때문에 그 중요한 다른 일들을
포기하지는 않도록 해."

그 당시에는 흘려들었는데
다시 생각해보니 그야말로 그때 내게
꼭 필요했던 최고의 충고였습니다.

보다가

'차라리'라는
슬픈 말

너무 아름다우면서도
너무 지적인 여성이
너무 이른 나이에
너무 급작스럽게
맞닥뜨린 병, 치매 –

부정하고, 좌절하고, 무너지고
그리고 인정하는 과정을
실감나게 연기한 그녀, 줄리안 무어 –

영화 속에서
그녀가 말합니다.

"차라리 암이면 좋겠다.
적어도 부끄럽진 않잖아."

어떤 영화의 어떤 대사보다
이 말이 내게는
가장 슬픈 말이었습니다.

현실과
묘사의 간격

리스본을 여행할 때
영화 속 아름다운 리스본을 기대했다면
당신은 조금 실망할지 모릅니다.
맨 처음 나처럼 –

그렇다고 '뭐 이렇게 지저분해' 하며
급히 고개 돌리지는 마시기 바랍니다.
조금만 인내하시기를 –

영화에서 제레미 아이언스는
페르난도 페소아의 시 한 대목을 인용합니다.

'들판의 푸르름은
묘사될 때 더 푸르러진다.'

낡고 늙고 더럽기까지 한 이 도시는
묘하게 사람을 들뜨게 만듭니다.
하루에도 5분 간격으로 몇 개의 계절을
경험하다 보면 누구나 이상한 마법에 걸립니다.

실체보다 아름답게 묘사하고
기억할 수밖에 없게 만드는 이 도시는
여기를 다녀간 사람마저 전혀 다른 사람으로
만드는 거 아닌지 모르겠습니다.

"당신은 결코 지루한 사람이 아니에요."

영화 속 이 마지막 대사처럼 말입니다.

못 그린
그림이라서

느낌상 한 5분 이상을
땅바닥에 누워 개미 행렬을 지켜보는 것으로
채우는 느린 영화가 바로
〈모리의 정원〉입니다.

지루할 법도 한데 뜻밖에
지루하지 않은 이 영화에서
백미는 주인공 모리 할아버지의
이 멘트입니다.

"못 그린 그림이네요.
못 그려서 좋아요.
잘 그린 그림은 끝이 뻔하니까요."

어린 아들의 그림을 봐 달라며
재개발 업자가 내민 엉성한 그림에
이 대가는 이런 멋진 말을 합니다.

광고하는 나에게는
정신이 번쩍 들게 만드는
한여름 소나기 같은 말이었습니다.

007이 멋있는
또 다른 이유

〈미션 임파서블〉, 〈본 아이덴티티〉 시리즈,
그리고 007은 꼭 챙겨 보았습니다.

단순한 오락 영화라고 치부하기엔
꽤 진지한 문제의식을 담고 있고
액션의 창의성과 완성도에서
경탄할 만한 한 칼을 갖고 있다고
생각하기 때문입니다.

단순하게 말하자면
돈이 아깝지 않다는 것이죠.

이번에 시리즈의 마지막이라는
신작 〈007 노 타임 투 다이〉는 사실
전작에 비해 많이 실망스러웠습니다.

그래도 이 대사 하나는 눈에 들어왔죠.

"인간의 존재의 목적은
생존이 아니라 삶이다.
난 더 오래 살려고 애쓰기보다는
주어진 시간을 뜻깊게 쓰리라."

이것만으로도 본전은 뽑은 기분이었습니다.

뭐야,
이 대사?

〈익스트랙션〉이라는
그야말로 허무한 액션 영화를 보는데
이런 대사가 귀에 걸렸습니다.

"강에 떨어졌다고
죽는 게 아니라
물에서 나오지 않아서
죽는 거래요."

참 나 원.

액션 영화 보다가
오스카 와일드 생각이 난 건
처음이었습니다.

그가 그랬거든요.

"넘어져서
실패한 것이 아니라

일어나지 않아서
실패한 것이다."

우습게 보지는
마시기를!

미드 〈나르코스〉를 정주행하고 있는 내게

"뭘 그런 걸 보세요, 시간 아깝게."
하고 영화 공부하는 아들이 말합니다.

"시간 보내기엔 그런 게 딱이죠?"
하고 아내는 슬쩍 능을 칩니다.

하지만 너무 우습게 보지들 마시라.

"신에게 산을 옮겨달라고 기도하면
다음날 삽이 옆에 놓여 있을 것이다."

미드에는 이렇게 근사한 말도 나옵니다.

나쁜 놈들이 이런 멋진 말을
할 때도 있습니다.

그날이
오긴 올까요?

"건축에서 가장 중요한 재료는
생각과 시간입니다."

언제였던가, TV에서 만난
부부 건축가이자 부부 인문학자인
임형남, 노은주의 이 말이 참 좋았습니다.

그때부터 이들의 책을 세 권이나 읽었고
이들이 지은 집을 여러 곳 검색해 보았고
나중에 나의 집을 부탁하고 싶다는
야무진 꿈을 꾸기도 했습니다.

그들이 지은 아름다운 집,
'금산주택' 처럼
그런 집 지을 날이 내게도 올까요?

죽은 자에게
산 자가

80 넘은 노 소설가 한승원이
10여 년 전 고인이 된
이청준 소설가의 무덤 앞에
막걸리 한 잔을 따라놓고 앉았습니다.

"한 잔 하시오, 이 형!"

"거기 혼자 있으면 술 고프지 않소?"

"드시오, 생막걸리요."

"잘 계시오, 나도 곧 갈 거요."

TV에서 본 이 모습이 자꾸 떠올라
몇 달 후, 기어이 친구를 부추겨
장흥에 있는 한승원 소설가의 집 '해산토굴'과
'이청준 생가'를 찾아갔습니다.

재능의
정의

"목에 칼이 들어와도
환자를 생각하는 마음이
우리에게는 재능이다."

드라마 〈낭만닥터 김사부〉에서
한석규가 외치는 이 대사는 참으로
낭만적이면서 인상적이었습니다.

진짜, 재능이란 무엇일까요?

한창 광고하던 시절
자주 재능 없음을 원망하던 내게
일본의 건축가 나카무라 요시후미의 책
한 대목이
큰 위로가 되었습니다.

"재능이란 한 가지 일을
오래 사랑할 수 있는 능력!"

지식인의
대화

게스트로는 천문학자 심채경과
법의학자 이호, 그리고 물리학자 김상욱과
소설가 김영하 –
사회는 영화감독 장항준과
세계적인 뮤지션 BTS RM –

라인업부터 예사롭지 않았습니다.
TV에서는 보기 드물게 품위와 재미,
거기 약간의 감동까지 얻는다는 건
꽤나 즐거운 경험이었습니다.

〈알쓸인잡〉이라는 프로그램을 보면서
현악 4중주가 생각났습니다.

괴테가 그랬거든요.
'현악 4중주는
4명의 지식인이 나누는 대화'라고요.

술꾼
가라사대

영화 〈스파이 게임〉을 보면
브래드 피트와 로버트 레드포드가
이런 대화를 나눕니다.

"스파이는 마티니 안 마시나요?"

"스카치 12년 이하는 안 마셔."

"고급이군요."

이 대목에서 웃고 말았습니다.
술꾼 인생 30년의 베테랑으로서 말하건대
우리나라에서 12년은 사실
명함도 못 내미는 술의 나이거든요.
17년, 21년마저도 큰소리는 못 치죠.

위스키 원조들도 이해 못 하는 이상한 현상
도대체 이 무슨 거품인지요?

아름다운
풍경

한적한 시골 마을 국도변에 자리한
아주 작은 버스 정류장.

마늘, 오이, 호박, 강낭콩, 감자, 고구마순
각각 1,000원 2,000원 이름표를 달고
줄 맞춰 늘어서 있습니다.

한참이 가도록 인적은 없었습니다.

"공짜 아뉴."

"우리는 밭에 갔슈."

충남 서천 벽오리 무인 가게에는
이런 포스터가 붙어 있었습니다.
삐뚤빼뚤
할머니들이 직접 쓰신

배우에게
배웁니다

백상예술대상에서
박은빈이라는 배우가 큰 상을 받고
수상 소감 말하는 걸 보았습니다.

눈물범벅이 될 만큼 벅찬 와중에
얼마나 차분하고 조리 있게
하고 싶은 말을 다하던지,
그 말 한마디 한마디에서
어떻게 그리도 오롯이 진심이 느껴지던지
어른인 내가 한 수 배웠습니다.

정치인이 코미디를 하고
교수들이 장사를 하고
독재자가 자유 코스프레를 하고
언론은 나팔을 부는 세상에서

어떤 훌륭한 배우들은 시를 씁니다.
마이크 앞에서, 그리고 카메라 앞에서.

음악에게서

장사익과
모짜르트

피아노를 배우고 싶어서
숨고를 뒤져 마음에 맞는 선생님을 찾았습니다.

첫 만남에서 선생님이 물었습니다.
"왜 피아노를 배우려고 하세요?
배워서 뭘 하시려고요?"

나는 그 왜?가 좋았습니다.
보통은 그런 질문 같은 건 잘 안 하거든요.
그 질문이 좋아서 1년 반을 그 선생님과
피아노를 쳤고, 참 좋았습니다.

아, 그때 제 대답은 이거였습니다.

"나중에 시골 살 때 동네 할머니들과
친하게 지내려고요.
장사익으로 꼬셔서 모차르트를
가르쳐 드리고 싶거든요."

임윤찬과
조성진

임윤찬이라는 젊디 젊은 피아니스트가
반 클라이븐 국제 콩쿠르에서 우승했을 때
무엇보다 화제가 되었던 건
마치 피아노를 부술 듯한
그의 열정적인 연주 모습이었습니다.

더불어 몇 년 전 쇼팽 콩쿠르 우승으로
세상을 떠들썩하게 했던
조성진이 덩달아 소환되기도 했습니다.
누가 더 잘 치는가? 뭐 이런 식으로 말이죠.

"기쁨은 달려들고 행복은 스며든다."고
김소연 시인은 말했습니다.

'임윤찬은 달려들고 조성진은 스며든다.'

그때, 나와 피아노 선생님의
일치된 생각이었습니다.

내 나이가
어때서

35세라는 젊은 나이에
세상을 떠난 모차르트
그러나 그의 음악은 매우 깊고
원숙했던 모양입니다.

"모차르트 교향곡 40번 G단조를
제대로 지휘하려면 적어도
쉰 살은 되어야 한다."고
부르노 발터라는 지휘자가 말했다니 말입니다.

그 아름다움의 진수를 느끼려면
인생을 어느 정도는
살아야 한다는 뜻이라는군요.

나는 그 곡을 여러 번 들어 봤습니다.
솔직히 그 의미를 제대로 이해하지는 못하고
그저 좋기만 했습니다만

아무튼 그래서일까요?
그 얘길 들은 이후
'젊은 시절로 돌아가고 싶어?' 하는 질문에
나는 선뜻 'Yes!'라 대답하지 못합니다.

웃다가
울다가

피아노 한창 배울 때는
하루 3시간씩 매일 연습한 적도
있었습니다.

'이런 곡을 내가 치다니' 하고
저 혼자 의기양양하다가
'역시 난 안 돼' 하고 데친 시금치마냥
풀이 죽기 일쑤였습니다.

어느 날 박소란 시인이
문자를 보내왔습니다.

"피아노 연습은 잘 되세요?"

내가 답했습니다.

"환호와 좌절의 연속입니다."

혼자 킥킥거리는 시인의 얼굴이
보이는 듯했습니다.

더 큰 문제는

환호는 짧고

좌절은 길다는 사실이었습니다.

호수에서
호수를

부부가 함께 광주호 생태공원을
걷고 있다는 친구에게
음악 하나를 보냈습니다.

유키 구라모토의 〈Lake luise!〉

캐나다에 있는 호수를 모티브로 한
아름다운 피아노 곡입니다.

나도 가 본 적 있는 광주호 생태공원과
나름 잘 어울릴 것이라 생각했습니다.
호수에서 호수를 듣고 있을 부부를 그려 보는데
친구의 답이 도착했습니다.

아내가 참 좋아한다고
그래서 연속해서
2번이나 듣고 있다고.

멋진 음악은
멋진 태도에서

영화 음악가 '류이치 사카모토'는
어느 다큐멘터리에서 이렇게 말합니다.

"영화 음악을 작업할 때마다
내 음악이 영화에 방해되지 않도록 주의하자고
스스로 결심합니다."

세계 최고의 피아노 반주자였던
'제럴드 무어'의 저서 제목은

《내 소리가 너무 컸나요?》
라고 합니다.

삶도 일도 결국은 태도의 문제라는 걸
이 두 거장이 우리에게 몸소
가르쳐 주는 것이 아닐는지요.

음악의
힘

"나의 혈관에는 유대인의 피가 흐르지만
내 심장은 팔레스타인을 위해 뛰고 있다."

세계적 명성의 피아니스트이자 지휘자인
다니엘 바렌보임은 음악으로 더 나은 세상을
만들 수 있다고 믿는 것 같습니다.

아랍과 이스라엘 청년들로 오케스트라를 만들고
분쟁지역에서 공연을 합니다.
평화와 공존의 메시지를 전하는 것이죠.

언젠가 그가 말했습니다.

"아이에게 인간의 길을 가도록 가르치는 데
음악보다 더 좋은 방법이 있을까요?"

그의 말에 백 번 수긍하지만
어른에게도 음악은 최고의 가르침이라고
나는 생각하고 있습니다.

진정한
가르침

《아다지오 소스테누토》라는
멋진 책에서 본 사진 하나를
잊을 수 없습니다.

포르투칼 출신의 피아니스트,
마리아 조앙 피레스가
제자의 어깨 위에 양손을 얹고
눈을 지그시 감은 채 레슨하는 모습입니다.

테크닉보다 마음의 소리에 귀 기울이라는
스승의 따뜻한 가르침이었을 겁니다.

이 책의 저자인 문학수 기자는
다른 글에서 이렇게 말합니다.

"유능한 연주자를 많이 배출한 교육자를
'명 조련사'로 칭하면서,
음악 교육을 동물을 훈련시키는 것과
무의식적으로 동일시한다."

그의 탄식이, 그리고 이 사진 한 장이
참 많은 생각을 하게 합니다.

진짜는 진짜를
알아보는 법

류이치 사카모토가 세상을 떠난 날
세상은 그만큼 더 나빠진 거라 슬퍼하며
그의 대표적인 영화 음악인
〈메리 크리스마스 미스터 로렌스〉와 〈레인〉을
몇 번이고 들었습니다.

그리고 얼마나 지났을까요.
열혈 아미인 아내와 딸이 슈가 콘서트를 다녀와서는
류이치 사카모토의 유작이라며
그가 피처링한 곡,
〈스누즈〉를 들려주었습니다.

슈가 특유의 의미 가득한 메시지에
사카모토만의 아름다운 선율까지!

세계가 사랑하는 BTS 음악 속에
내가 사랑하는 사카모토의 음악이
아름답게 뛰놀고 있었습니다.

그야말로

진짜가 진짜를 만난 것이었습니다.

좋은 걸
어떡해

빈 필 신년 음악회의 하이라이트는
해마다 라데츠키 행진곡입니다.

요한 스트라우스의 아버지가 만든
이 경쾌한 리듬에
청중들 모두 손뼉치는 광경은
참으로 장관이지요.

그런데 이 곡이
이웃 이탈리아에서는 금지곡이랍니다.
바로 이탈리아와의 전쟁에서 승리를 기념하여
만들어진 곡이기 때문이라는데
음악의 운명도 참 얄궂은 것 같습니다.

반면에 2차 세계대전이 한창일 때
영국 BBC방송은
베토벤 교향곡 5번 1악장 도입부를
시그널로 내보내 국민의 사기를
북돋았다고 합니다.

비록 적대국 작곡가의 곡이지만
이 음악에는 그것을 초월한 보편적 힘이
있었기 때문이랍니다.

달리 베토벤이겠습니까?

바흐 없는
세상이라니

어릴 때 학교에서 우리는
요한 세바스찬 바흐를
음악의 아버지라고 배웠습니다.

이것이 일본에서 영향받은
이상하고 그릇된 표현이라고 들었습니다만
아무튼 그렇게 배우고 외웠습니다.

그런데 바흐가 세상에 알려진 건
후대 음악가들의 발견 때문이라고 합니다.

바흐는 죽은 뒤 잊혔다가
멘델스존이 우연히
〈마태수난곡〉을 발견해 연주함으로써
비로소 세상의 관심을 끌 수 있었고

훨씬 뒤, 파블로 카잘스가
헌책방에서 〈무반주 첼로 모음곡〉을 발견해
그것을 연주해 냄으로써 그 걸작 또한
빛을 볼 수 있었다지요.

그들의 발견이 아니었다면
우리는 음악의 아버지가 없는
고아가 될 뻔했던 거지요.

매 순간이
최악의 시기

줄리언 반스의 소설 《시대의 소음》에는
스탈린 시대를 살아야 했던 쇼스타코비치의
삶과 음악이 드라마틱하게 묘사되어 있습니다.

그의 음악 가운데 가장 널리 알려진
관현악 모음곡, 왈츠를 주로 들어온 내게
그 아름답고 우아한 음악의 이면에
죽음에 대한 두려움과 공포가 매 순간
그를 옥죄었다는 사실이 잘 믿기지 않습니다.

언제 끌려가 숙청당할지 모른다는 생각에
문가에 앉아 밤을 지새는 그의 모습은
상상만으로도 안타깝고 가슴이 아픕니다.

"그가 아는 것은 그때가 최악의 시기였다는
것 뿐이다."

"그가 아는 것은 지금이 최악의 시기라는
것 뿐이었다."

"그가 아는 것은 지금이 그 어느 때보다도
최악의 시기라는 것뿐이었다."

소설 1, 2, 3장의 첫머리는 이렇게 시작됩니다.

매 순간이 인생 최악의 시기였는데
그렇게 아름답고 위대한 음악을 만든 걸 보면
참 대단한 쇼스타코비치입니다.

아, 이런
죽음이라니

쇼스타코비치만큼이나
스탈린 시대를 온몸으로 견뎌야 했던
또 한 명의 위대한 음악가, 프로코피에프 –

그는 삶도 삶이지만
죽음에 대한 이야기로 많은 이들을
가슴 아프게 합니다.

그는 하필 스탈린과 같은 날 죽습니다.
아침 8시에 뇌졸중을 일으켰고
9시에 숨을 거둡니다.
그리고 50분 뒤, 스탈린이 죽습니다.

저 희대의 독재자가 끝장났다는 사실을
알지도 못하고 조금 먼저 죽다니 –

그래서 그는
하필이면 그런 안타까운 죽음을 맞은
불쌍한 이름으로 기억된다고 합니다.

삶도 죽음도 참

내 맘대로 안 되는 일입니다.

거장의
품격

명성이 높은 피아니스트들 가운데는
연주 환경을 매우 중요시하는
예민한 이들도 많은 듯합니다.

세계 각국을 도는 순회공연에
자신의 피아노를 가지고 다니는가 하면
일정 수준 이상의 공연장에서만
연주하는 경우 등이 그것입니다.

그런 점에서 보면 최고의 피아니스트
리흐테르의 경우는 조금 특별합니다.

이 사람은 러시아 대륙을 횡단하며
'소박한 마을 연주회'를 펼쳤는데
그저 작은 예배당 같은 곳에서
낡고 조율 안 된 피아노를 가지고
시골 사람들을 위해 연주한 것입니다.

부르노 몽생종이 펴낸 자서전 속
그의 말이 참으로 감동입니다.

"이런 연주회는 적어도 한 가지 장점이
있다오. 사람들이 속물근성 때문에 거기에
오는 것이 아니라 음악을 듣기 위해
오니까 말이오."

이게 거장이구나
생각했습니다.

이유가
있었습니다

LP 시절, 초기에는 음반 한 장에
5분 이상의 음악을 담지 못했답니다.
그 한 장에 담기 위해 만들어진 명곡이
크라이슬러의 〈사랑의 슬픔〉, 그리고
〈사랑의 기쁨〉이라고 하네요.

음반의 한계가 음악의 길이를
결정한 시절이었던 겁니다.

CD 시절, 무한정 담을 수 있는 CD에
대체 몇 분 분량의 음악을 담아야 하는가
하는 도이치 그라모폰의 질문에
카라얀은 이렇게 답했다고 합니다.
베토벤의 교향곡 〈합창〉을 담을 수 있는 분량!

음악의 길이가 음반의 한계를
결정하는 시대가 된 것입니다.

이 모든 게 무색해진 지금
음악은, 그리고 그걸 듣는 방식은 이제
어디로 가게 되는 걸까요?

대타
만세

'루치아노 파바로티'도
'디트리히 피셔 디스카우'도
'마리아 칼라스'도

대타로 선 무대에서 성공해
세계 최고의 성악가가 되었습니다.

이러한 사실은

기회는 언젠가 온다는 것과
그 기회를 위해 준비하고 노력한 자만이
결국 성공할 수 있다는
세상의 진리를 증명하고 있습니다.

오른손은
누구?

요즘 지하철을 타거나 걸을 때
자주 듣는 음악이 있습니다.

슈만의 〈헌정〉

클라라와 결혼하기 바로 전날
제목처럼 그녀에게 헌정했다는
이 곡을

요나스 카우프만의 노래로도 듣고
백혜선의 피아노로도 듣는데
둘 다 참 좋습니다.

이 음악을 듣다 보면
슈만이 클라라를 일컬어
"당신은 나의 오른손"이라고 했다는
말이 생각납니다.

오래 카피를 써 온 나를
부끄럽게 만드는 멋진 표현입니다.

사랑이
뭐길래

히라노 게이치로의 소설 《장송》에는
쇼팽과 조르주 상드의 애증의 이야기가
자세히 기술되어 있습니다.

둘의 지독한 사랑과 끔찍한 싸움
미움과 원망, 증오.

그리고 여린 쇼팽의 마음을 끝까지
쥐고 흔드는 영악한 상드의 처신까지

읽다 보면 쇼팽을 동정하게 되고
그와 함께 덩달아 마음고생하면서
상드를 원망하게 되기도 합니다.

상드와 이별 후에 쇼팽이
이런 글을 남겼다지요.

"그동안 함께 해 줘서 고맙고,
이렇게 헤어지게 되어 그 또한 고맙다."

쇼팽의 마음
알 수도 있을 것 같습니다.

사람 앞에서

그림 속 '영랑생가'는
어디 갔나요?

《무진기행》의 작가 김승옥.
우리들 청춘 시절의 우상이었던 그의
수채화 한 점을 샀습니다.

소설가가 수채화라니 뜻밖인가요?

동료 작가인 이문구의 부음을 접하고는
덜커덕 말문이 닫혀 버렸다는 그 –
이후 필담으로 대화하면서
틈틈이 수채화를 그려 왔다는 그 –
그림 판 돈으로 병원비와 요양비를
충당하기 위해 전시회를 열었다는 그 –

그가 그린 〈영랑생가〉를 집에 걸어놓고는
틈만 나면 그와 영랑과 남도를
더듬곤 했습니다.

지난해던가 〈영랑생가〉를 방문했을 때
예전의 아담하고 고즈넉하던 집이

무슨 기념관처럼 돌변한 모습을 보고
참 안타까웠습니다.

김승옥 선생이 이 모습을 보면
트이려던 말문을 도로 닫아 버리겠구나
걱정이 되기도 했습니다.

어른의
착각

송경동 시인의 시집
《나는 한국인이 아니다》 속
시인의 말에서 이 대목에
덜커덕 발목을 잡혔습니다.

"내 경우처럼, 세월이 흐른다고
모든 시대가 저절로 성숙해지는 것은
아니었다. 모든 어른이 저절로
어른이 되는 것도 아니었다."

배우로서, 한 인간으로서
내가 사랑하고 존경하는
키키 키린도 비슷한 말을 했습니다.

"나이가 들면 사람이
성숙해진다고 생각하는 건
큰 착각입니다."

미성숙인 채 어른 행세하는
그런 착각만큼은
하지 말아야 할 텐데
정말 걱정입니다.

당신도 나도
받은 선물

소설가 김숨은 이렇게 말했습니다.

"메리 올리버,
그녀의 이름을 부르는 것만으로도
잃어버린 영혼이 돌아오는 걸 느낀다."

나에게 메리 올리버는 선물로 기억됩니다.
그녀는 말했습니다.

"이 우주에서 우리에겐 두 가지 선물이 주어진다.
사랑하는 능력과 질문하는 능력."

나는 가끔 그 두 개의 선물에 대해
확인하고 싶어서 공연히 주머니를 뒤집니다.
모아놓은 돈이 많지 않아도
별로 불안하지 않고
그냥 든든하고 배가 부릅니다.

이정록 시인이
옳았습니다

어머니는 멀지 않은 시골에서
혼자 사십니다.

80 넘은 지도 몇 해가 지났는데
꽃 가꾸며 성경 필사며
간혹 던지시는 기막힌 말씀들까지 –
머리 허연 아들을 자주 놀래키십니다.

한 번은 자장면 먹으러 모시고 나가는데
현관문을 잠그시길래
금방 올 거고 가져갈 것도 없는데
그냥 가시죠 했더니

"거지 줄 건 없어도 도둑 줄 건 있단다."

하시는 겁니다.

어머니 말씀 받아 적었더니
시가 되더라는
이정록 시인이 생각났습니다.

쉬운 일
어려운 일

《고슴도치의 우아함》이라는
재미있는 프랑스 소설을 읽다가
그를 알게 되었습니다.
다니구치 지로라는 이름의 일본 만화가!

그리고 그의 만화 〈우연한 산보〉를 보면서
만화가 시도 될 수 있고
에세이도 된다는 사실을
새삼 깨닫기도 했습니다.

어느 책에선가 그의 인터뷰 중에
"내가 한 일이라고는
돈을 위해 만화를 그리지 않은 것뿐"이라는
대목을 읽었습니다.

그리고 생각했습니다.
실은 그것이 가장 어려운 일이고
그는 그것을 해낸 사람인 것입니다.

그 스승에
그 제자

내가 좋아하는 TV 프로그램
〈자연의 철학자들〉을 보고 있었습니다.

시골 사는 어느 신부님이 주인공인데
아 글쎄 이 분이 손수 밭도 일구고
어지간한 목공일까지 척척 해내는 겁니다.

"신부님, 어떻게 이런 일도 직접 다 하세요?"

누가 묻자 대답이 더 걸작입니다.

"우리 스승이 목수 아닙니까?
목수 예수님이 스승이라
제자인 나도 이 정도는 하지요."

예수님 직업이 목수였음을 일깨워 준
지리산 사는 강영구 신부님
말씀입니다.

큰 소리보다
작은 소리

이 영국 작가는 워낙 유명하고
대단한 소설을 많이 썼지만
내게는 산문으로도 아주 각별한 사람입니다.

미술, 요리, 술 등 다방면에서
전문가 뺨치는 지식과 안목을 자랑하는데
이 대목이 특히 기억에 남았습니다.

사람들이 자신의 말에 귀를 기울이게 하려면
언성을 높이는 게 아니라 낮추어야 한다는,
그래야 진짜 이목을 끌 수 있다는 이야기를
어디선가 읽은 적이 있다는 겁니다.

줄리언 반스도 출처는 모른다고 했습니다만
뭐 어떻습니까?
이제부터 작은 소리로 말하면 되는 거죠.

아이들 앞이니까
어른이니까

영화도 물론 훌륭하지만
고레에다 히로카즈는 글도 참 좋습니다.
그의 글에서 읽은 내용입니다.

아이들이 촬영 현장에 있을 때
정말 일을 즐기고 있는 어른의 모습을
보여 주고 싶었다고 그는 말합니다.

아이들 입장에서는
부모님과 학교 선생님 외에
처음 만나는 어른이니까 -

그런데 그 어른이 뭔가 진지하게 하고 있는데
무척 즐거워 보인다고 느꼈으면 좋겠어서 -

고레에다가 위대한 것은
칸 그랑프리 같은 큰 상을 받아서라기보다는
진짜 어른의 마음을 가졌기 때문일 겁니다.

등 떠미는
그들

백석은 그의 시
〈나와 나타샤와 흰 당나귀〉에서
산골로 가는 것은 세상한테 지는 것이 아니라
세상 같은 건 더러워
버리는 것이라고 말합니다.

한술 더 떠서 니체는
자연으로의 복귀에 대해
되돌아가는 것이 아니라
드높아 가는 것이라고 했습니다.

이 얼마나 멋진 말입니까?

가뜩이나 서울 떠나고 싶어
좀이 쑤시는 판국에 이 두 양반은 오늘도
이렇듯 나를 고무시킵니다.

사라예보에
핀 꽃

1993년 8월, 수전 손택은
세르비아계 무장 세력의 점령지 사라예보에서
사무엘 베케트의 〈고도를 기다리며〉를
무대에 올렸습니다.

사라예보 심포니 오케스트라의
수석 첼리스트 '베드란 스마일로비치'는
22명을 죽게 한 박격포탄이 떨어진 자리에서
22일 동안 죽음을 무릅쓰고 매일 오후 4시
알비노니의 아다지오를 연주했습니다.

희망이라는 꽃, 위로라는 꽃

용기 있는 사람과 예술의 힘으로
그 무서운 전쟁터에서도
꽃은 피어납니다.

뭐가 더
부끄러운가?

'길버트 카플란'이란 사람이 있답니다.
금융 관련 사업가이자 출판인이라죠.

특이한 것은 이 사람이
말러 교향곡 2번을 듣고 압도된 나머지
그때부터 지휘를 공부하고 말러를 연구하여
아마추어 지휘자이지만 말러에 관해서만은
온 세상이 인정하는 전문가가 되었다는 겁니다.

그가 한 말이랍니다.

"저는 두 가지 부끄러움 중 하나를
선택해야 하는 기로에 서 있었습니다.
하나는 남들 앞에서 지휘했을 때 당할 부끄러움,
다른 하나는 지휘를 안 했을 때
두고두고 후회하는 부끄러움 ……."

정작 부끄러움은 이 이야기를 읽는
나의 몫이었습니다.

이러고
삽니다

한밤중에 강냉이 먹는 아내에게
"승아가 만든 치즈 케이크 남겨 놓았는데 ……." 했더니

"아니, 강냉이 먹는 걸 보고도 왜 진작
말하지 않았어요? 괜히 먹었잖아." 합니다.

삐친 내가 한마디 했습니다.
"괜히 얘기했다."

들은 아내가 한마디 했습니다.
"잘못 얘기했다."

그러면서 치즈 케이크까지
마저 먹었습니다.

문제가 있다면
어른에게

천안에 사는 조카 내외가
연년생 아들 형제를 데리고 인사차
어머니 댁을 찾아왔습니다.

반갑고 귀여운 마음에 손주뻘인
세 살배기를 안고 마당에 나갔는데
이 녀석 입이 잠시도 쉬질 않습니다.

"왜요?" "왜요?" "왜요?"

뭐 그리 궁금한 게 많은가 생각하다가
돌이켜보니 우리 아이들도 그만할 때
똑같았다는 사실이 떠올랐습니다.
더불어

"모든 아이는 타고난 과학자입니다.
하지만 우리가 아이들로부터
그 능력을 빼앗죠."

라는 칼 세이건의 말이 생각났습니다.

이 어린 녀석만은 타고난 능력
빼앗기지 말고, 훌륭한 문제아로 쑥쑥
커 주기를 바랐습니다.

나와 어머니의
우문현답

9월인데도 날이 너무 더워
어머니께 전화를 드렸습니다.

"어디 아프신 데는 없으세요?"

"날이 너무 덥네요."

"아니, 추석이 낼모렌데 왜 이리
더운지 모르겠어요."

한참 푸념을 늘어놓는데
어머니가 무심히 한마디 던지십니다.

"그래야 곡식이 잘 여물지."

나이를 먹어도
나는 왜 늘 모자란 건지
모르겠습니다.

무 생김새를
보아하니

텃밭 한 떼기에 무씨를 뿌렸는데
어느새 어린아이 팔뚝만큼 자랐습니다.

싹 뽑아 김치나 담그자 하시기에
어머니 모시고 밭에 나갔습니다.

나는 무를 뽑아오고 어머니는 다듬는데
대뜸 한 말씀하십니다.

"올겨울은 춥겠다.
채비 단단히 해야겠어."

"그걸 어떻게 아세요?"

"무 꼬랑지가 길면
옛날부터 겨울이 춥댔어."

자세히 살펴보니 통통해야 할 무들이
꼬랑지가 길쭉길쭉하게
몸매 자랑들을 하고 있었습니다.

듣고 보니
그렇긴 하네요

달라이 라마에게
마오쩌둥에 대해 평가해 달라고 했더니
이렇게 말했답니다.

"티베트인들에게
많은 고통을 안겨 주었지만
티베트 불교를 전 세계에 알린
가장 큰 공로자!"

세상에
나쁘기만 한 건 없는 걸까요?
참 아이러니한 대답이었습니다.

내려놓지
못해서

여행을 통해 아무것도 얻지 못했다는
사람이 있다는 말을 듣고
소크라테스가 이렇게 말했다고 합니다.

"그 사람은 아마도 자기자신을
짊어지고 갔다 온 모양일세."

지금 생각해보니
그게 바로 나였습니다.

이곳저곳으로 수많은 출장을 다녔고
여행도 제법 갔었는데
돌이켜보면 그 어디에서도
정작 나는 나를 내려놓지 못했던
것이었습니다.

추운 날
따뜻한 기억

환갑도 못 드시고 일찍 돌아가셔서
내겐 아버지와의 애틋한 기억이
별로 없습니다.
학교 때문에 중학 시절부터 집을 나와 있었고
살갑지 못한 딸이였으니 더욱 그랬을 테죠.

그런데 겨울이 되면 아버지 생각이 납니다.

어린 시절, 그 추운 겨울 새벽에
다 식었던 방이 서서히 따뜻해지고
얼었던 몸이 스르르 풀리던 뜨거운 기억 때문입니다.
전날 힘든 일 하시고 술까지 드신 아버지가
고단한 몸으로 아궁이에 불을 넣으셨던 겁니다.
그것도 매일, 새벽마다!

로버트 헤이든의 시
〈그 겨울의 일요일들〉에서 석탄을 때던
그 새벽의 아버지처럼 말입니다.

그분다운
대답

벌써 오래전 일입니다만
교황 요한 바오로 2세가 방한했을 때
우리나라의 수많은 신도들이 그분을 만나려
시청 앞에서든가 광화문에서든가
인산인해를 이루었던 적이 있었습니다.

그분 만나러 안 가느냐는 친구의 말에
무위당 장일순 선생이 했다는 대답이
참 걸작이었습니다.

"예수님은 그렇게
떠들썩하게 오지 않을 걸세.
뭐 하러 그런 델 가나?"

겨울
예찬

오래전 카피라이터 초년 시절에
날 많이 챙겨 주었던 탁정언 선배는
카피라이터이자 소설가였습니다.

그의 소설 가운데
〈겨울에도 꽃은 핀단다〉라는 단편이 있었는데
그 제목이 오래 기억에 남았습니다.
그렇지, 겨울에도 꽃은 피지, 피고말고.

일본의 작가 마루야마 겐지는
"어쩌면 知性에게는 겨울이야말로
싹이 돋아나는 계절일지 모른다."고 했습니다.
자꾸 고개를 끄덕이게 됩니다.

그렇다면 이제 봄 대신
겨울을 기다려야 하는 걸까요?

살면서 가장
잘한 일

88세 장인께서 퇴원 후 한 달 남짓
우리 집에 계실 때였습니다.
아내는 일을 하기에 내가 하루 세 끼를
챙겨 드려야 했습니다.

수술 후 오랜 입원 치료의 후유증으로
입맛도 잃으시고, 식사량도 현저히 떨어진 터라
매 끼니 그저 대충 때우기 일쑤였습니다.

어느 날인가 안타까운 마음에
멸치 국물을 내고 반죽을 숙성시켜
수제비를 끓여 드렸습니다.

"평생 먹어 본 수제비 중 가장 맛있네."

"다음 주에 한 번 더 끓여 줄 수 있어?"

지금은 당신 집으로 가셨지만
가끔씩 찾아뵙고 수제비 한 번씩 끓여 드리리라
즐거운 결심을 했더랬습니다.

요절복통
끝말잇기

아들이 아주 어렸을 때
시골에서 할머니와 마주앉아
끝말잇기를 하고 있었습니다.

앞뒤 잘라먹고
유독 이 대목이 아내와 내 기억에
아직까지 생생합니다.

손자 : 버섯!

할머니 : ??? 섯쪽!

손자 : ??? 쪽끼!

우하하하 –
세상에서 가장 재미있고 아름다운
기억의 한 장면입니다.

그야말로
우리 말 만세!
입니다.

세상을 광고합니다
– 어느 카피라이터가 은퇴하고 쓴 카피

초판 1쇄 인쇄 2024년 3월 2일
초판 1쇄 발행 2024년 3월 10일

지은이 · 유제상
펴낸이 · 박현숙

책임편집 · 맹한승
표지디자인 / 일러스트레이션 · 김양훈
편집디자인 · 전진아

펴낸곳 · 깊은샘
등 록 · 1980년 2월 6일(등록번호 제2-69호)
주 소 · 서울 용산구 원효로80길 5-15 2층
전 화 · 02-764-3018 │ 팩 스 · 02-764-3011
이메일 · kpsm80@hanmail.net

ISBN 978-89-7416-267-2 03810
값 17,500원